Annette G. Krupka

Würgemale

8 Fall um Katherina "Kate" Schulz

Impressum

© 2021 Annette Gisela Krupka
Herstellung und Verlag: BoD – Books on Demand,
Norderstedt
ISBN 9783752644890

Das Buch

Kate Schulz kehrt von ihrem Verwandtenbesuch aus Israel zurück.

Inzwischen wurden in Plauen junge Frauen von einem geheimnisvollen Mann in den späten Abendstunden überfallen und fast bis zur Bewusstlosigkeit gewürgt.

Die Vorgehensweise erinnert an einen Täter aus DDR- Zeiten, der als Würger von Plauen in die Kriminalannalen einging. Aber dieser kann die Taten nicht begangen haben, darüber sind sich die Ermittler einig. Ist es ein Nachahmungstäter?

Nachdem eine der jungen Frauen, eine Mitarbeiterin bei Schulz Security, infolge eines Angriffs stirbt, werden die Ermittlungen intensiviert. Und nun beginnen auch Jasmin Weidner-Amri und Kate Schulz auf eigene Faust zu ermitteln.

Kapitel 1

Sie schloss das Büro ab, nicht ohne vorher noch einmal kontrolliert zu haben, dass alle Lichter aus und die Alarmanlage auf scharf gestellt war.

Sie sah auf ihre Smartwatch und lächelte.

Schon nach 20.00 Uhr. Ihre Chefin würde morgen schimpfen, dass sie wieder so lange gearbeitet hatte. Naja, schimpfen war wohl zu viel gesagt. Ihre Chefin machte sich wohl eher Sorgen um ihr Wohlergeben, Work-Life-Balance, wie sie es zu titeln pflegte.

Aber sie hatte noch einiges von ihrer Vorgängerin aufzuarbeiten und diese langen Winterabende waren dazu wie gemacht, etwas länger zu arbeiten.

An einem warmen Sommerabend wäre es ihr ungleich schwerer gefallen.

Jetzt beeilte sie sich, um die Straßenbahn zu bekommen und wie bestellt, fuhr diese auch gerade in die Haltestelle ein.

Es wäre dumm mit dem Auto zu fahren. Zwar hatte ihre Chefin in der Nähe Parkplätze angemietet, aber gerade in der morgendlichen Rush Hour war die Fahrt mit der Straßenbahn eindeutig entspannender. Andererseits war es abends jetzt schon sehr zeitig dunkel und sie hatte noch einige Meter von der Straßenbahnendhaltestelle zu ihrer Wohnung zu laufen. Aber um diese Zeit waren meist noch Menschen unterwegs und sie war auch kein ängstlicher Typ.

An der Endhaltestelle Preiselpöhl stieg sie aus und ging quer durch den kleinen Park in Richtung

Schumannstraße.

Kurz nachdem sie das alte Pissoir rechts hinter sich gelassen hatte, hörte sie ein Knacken hinter sich. Sie schaute sich nur kurz um.

Sicher eine Katze auf der Suche nach einem warmen Quartier. Von weitem hörte sie das Lachen einer jungen Frau.

Sie kuschelte sich instinktiv fester in ihren Wollschal. Es war immer noch ganz schön kalt. Wer hatte denn da irgendetwas von wärmeren, ja, fast frühlingshaften Temperaturen erzählt?

Sie schüttelte den Kopf.

Naja, sei es wie es sei, jetzt wartete ihre gemütliche, kleine, aber vor allen Dingen warme Wohnung auf sie. Da sie es nicht mochte, in eine dunkle, verlassene Wohnung zu kommen, hatte sie sich nach der Trennung von ihrem Freund damals nicht nur eine Katze zugelegt, sondern auch ihre gesamte Wohnung auf Smart Home umgestellt. Auch wenn sie jetzt eine neue Beziehung hatte, die Gewohnheit war geblieben, zumal sie zu einem Zusammenleben einfach noch nicht bereit war.

Bereits von hier aus sah sie die kleine Lampe in ihrem Wohnzimmerfenster und wusste, dass die dunkle Silhouette daneben Mascha, ihre Katzendame, war, die nach ihr Ausschau hielt.

Lächelnd beschleunigte sie ihren Schritt als sie plötzlich von den Füßen gezerrt wurde.

Der Angriff kam so schnell und so unerwartet, dass sie sich in diesem Moment nicht wehrte.

7

Sie wurde ins nahe Gebüsch gezerrt und auf den Rücken geworfen. Schmerzhaft spürte sie den Aufprall auf Steine und Zweige, der auch nicht von ihrer wattierten Jacke gemildert wurden.

Zwei große Hände legten sich um ihren Hals und begannen sie zu würgen. Sie hob instinktiv die Hände und versuchte, die Klauen um ihren Hals abzuwehren, aber sie fasste nur an dickes Leder oder Kunststoff.

„Handschuhe", dachte sie.

In diesem Moment begann sich schon ihr Blick zu trüben, die Luft wurde knapp, sie röchelte, wollte schreien, konnte aber nicht.

Sie fühlte nur, wie ihre Sinne schwanden und sie in einen Abgrund fiel.

Kapitel 2

Schwester Katrin hatte gerade eine neue Kanne Kaffee angesetzt, die dritte in dieser Nacht, nachdem es heute in der Notaufnahme wieder zuging wie „auf dem Leipziger Hauptbahnhof", wie sie zu sagen pflegte.

An eine richtige Pause war nicht zu denken, aber alle wussten, wo der Kaffee stand und dafür blieb zumindest ein Augenblick, um den Muntermacher, wenn schon nicht zu genießen, aber in der Hoffnung auf seine Wirkung, in sich hineinzuschütten.

Dann ging sie nach vorn, wo gerade eine junge Frau hereingeführt wurde.

Diese keuchte und schien kurz vor einer Hyperventilation. Ihre Hose wies Spuren von Schlamm auf und die helle Jacke mit grauem Kunstpelzbesatz war an einigen Stellen zerrissen und mit Schlammspritzern übersät. Aber sonstige Verletzungen oder Blut waren, zumindest auf den ersten Blick, nicht erkennbar. Ein junger Pfleger dirigierte sie zu einem Stuhl.

Katrin ging auf die beiden zu.

„Was?", fragte sie den Pfleger, Nils Kern, kurz.

Dieser deutete ihr mit einem Nicken an, zur Seite zu gehen.

„Sie kam gerade vorn an. Sie sagt, jemand habe sie überfallen und gewürgt. Sie war fast bewusstlos, als er von ihr abließ und ihre Tasche mitnahm. Sie hat keine Papiere, also auch keine Chipkarte."

Katrin nickte und ging zu der jungen Frau.

9

Deren dunkelblondes, langes Haar war zerzaust und hing ihr ins Gesicht.

„Guten Abend, ich bin Schwester Katrin", stellte sie sich vor und die junge Frau hob langsam den Kopf. Jetzt sah Katrin an deren Hals rote Flecke, die auf einen gewissen Druck schließen ließen.

„Wer war das?", fragte sie und deutete darauf.

Die junge Frau schluchzte auf.

„Ich habe ihn nicht gesehen, er kam aus dem Gebüsch, hier unten am Alberthain. Er hat kein Wort gesagt, hat nur seine Hände um meinen Hals gelegt und gewürgt. Ich wollte mich wehren, habe seine Hände gegriffen, aber er trug Gummihandschuhe, ganz dicke, ich konnte sie auch nicht zerreißen. Aber dann habe ich auch schon das Bewusstsein verloren, also nicht ganz, aber ich bin in den Dreck gefallen oder er hat mich gestoßen, ich weiß es nicht mehr. Jedenfalls war er weg. Nach einer Weile bin ich aufgestanden und hier hochgelaufen. Was sollte ich denn tun?"

Sie schluchzte wieder, als der diensthabende Internist um die Ecke bog.

Pfleger Nils wies ihn kurz in die Lage ein. Dann trat dieser zu der jungen Frau.

„Möchten sie, dass wir die Polizei informieren?", fragte er, während er sie untersuchte.

„Ja, bitte", sagte sie leise. Der Arzt nickte Katrin zu, die sich mit Nils entfernte.

Während sie das Telefon aus der Kitteltasche zog, sah sie den jungen Pfleger an.

„Vor einer Woche war auch eine junge Frau da, die hat aber auf eine Anzeige verzichtet. Sie sagte, es könne ihr Exfreund gewesen sein und sie wolle keinen Ärger, er würde sie laufend stalken."

Nachdem sie die Polizei informiert und aufgelegt hatte, meinte sie: „Weißt du, an was mich das erinnert? Im August 1982 wurde Reni nach dem Spätdienst im Alberthain gewürgt. Wir haben zusammen gelernt, darum macht mich das heute noch so betroffen und ich weiß es so genau, als sei es gestern gewesen. Der Täter war der Würger von Plauen."

Nils zog die Augenbrauen hoch.

„Der Würger von Plauen? Na, das klingt ja echt abgefahren."

Katrin nickte. „Ja, das war es auch. Du bist zu jung als dass du dich daran erinnern kannst, aber er hat damals etliche junge Frauen bis zur Bewusstlosigkeit gewürgt und die Polizei an der Nase herumgeführt."

„Und, haben sie ihn bekommen?"

Katrin nickte. „Ja und rechtskräftig verurteilt."

Nils dachte nach.

„1982? Da müsste er doch längst wieder auf freiem Fuß sein, oder? Und du denkst jetzt, er ist wieder aktiv?" Er zog dabei die Stirn in Falten. Es war ihm anzusehen, dass er dieser Theorie nichts abgewinnen konnte. „Wer weiß, was für ein Perverser das war", sagte er und ging wieder an seine Arbeit.

Kathrin runzelte leicht die Stirn. Irgendwie hatte sie das Gefühl, dass hier etwas ganz und gar nicht stimmte.

Als eine Stunde später zwei uniformierte Polizisten die Notaufnahme betraten, winkte der ältere der beiden ihr lächelnd zu. Polizeiobermeister Rudi Müller war ein alter Hase und stand nun kurz vor seiner Pensionierung. Unzählige Male waren er und Katrin sich hier begegnet und er wusste, dass sie immer eine Tasse Kaffee für ihn hatte, um die endlosen Nachtschichten zu kompensieren. Nachdem er sich, gemeinsam mit seinem jüngeren Kollegen, erst mit der jungen Frau und dann mit dem Arzt unterhalten hatten, kam er noch einmal zu Katrin.

„Na, anstrengende Nacht?", fragte er teilnehmend und nahm mit einem breiten Grinsen den Kaffeepott entgegen, den sie ihm hinhielt.

Sie nickte. Dann sah sie in Richtung der jungen Frau, die noch immer mit Obermeister Müllers Kollegen sprach. „Wir nehmen dann ihre Anzeige auf."

Katrin winkte ihn ein wenig zur Seite. In der kleinen Nische konnten sie ungestört reden.

„Ich weiß, dass ich ihnen das eigentlich nicht erzählen darf. Aber vor einer Woche war auch eine junge Frau hier. Sie wurde ebenfalls gewürgt, gleicher Tathergang."

Der Polizist hatte gerade seinen Kaffeepott an die Lippen gesetzt und ließ ihn bei Katrins Worten wieder sinken.

„Sie hat keine Anzeige erstattet?", fragte er und Katrin schüttelte den Kopf.

„Sie sagte, es könne ihr sie stalkender Exfreund gewesen sein und sie wolle keinen Ärger. Scheinbar ist er ein eher unangenehmer Zeitgenosse."

Obermeister Müller sah Katrin eine Weile schweigend an, dann nickte er langsam.

„Ich denke fast, wir haben den gleichen Gedanken."

Mit einem Seufzer nickte sie und sagte leise: „Der Würger von Plauen ist wieder aktiv."

Kapitel 3

Mike stand im Ankunftsbereich des Frankfurter Flughafens und sah zur Anzeigentafel. Der Flug von Tel Aviv hatte sich bereits um eine Stunde verzögert und er merkte, dass die anderen Wartenden um ihn herum unruhig wurden. Gab es Schwierigkeiten, von denen die Bodencrew nicht sagte?
Er sah, wie immer wieder einige der Wartenden zu den Schaltern gingen, aber scheinbar keine sie befriedigende Antwort erhielten.
„Man hört ja immer wieder von Terroranschlägen, mein Gott, es wird doch nicht so etwas passiert sein?"
Mike sah zu der Frau mittleren Alters hinüber, die diese Worte, scheinbar in ihrem Empfinden leise, ihrem Begleiter zugeraunt hatte.
Dieser sah Mikes Blick und zuckte entschuldigend die Schultern.
„Lass doch mal diese Verschwörungstheorien. Der Flug hat einfach Verspätung, basta", sagte er laut und lächelte Mike zu. Scheinbar war es ihm peinlich, dass dieser Zeuge der Aussage seiner Frau geworden war, die ihrerseits etwas beleidigt die Lippen nach oben zog und sich auf eine der Bänke setzte.
Mike sah zum gefühlt zehnten Mal in der letzten Viertelstunde auf seine Uhr und zur Anzeigentafel. Auch ihn beschlich plötzlich ein mulmiges Gefühl. Verdammt, diese unmögliche Person hatte in seinen Kopf einen Gedanken eingepflanzt, der jetzt eine Art

Eigendynamik entwickelte.

Im nächsten Moment schalt er selbst sich einen Idioten. Kates Eltern waren am 11.September 2001 in einem der Flugzeuge gesessen, die in das World Trade Center gesteuert worden waren und damit einen Terroranschlag apokalyptischen Ausmaßes in Gang gesetzt hatten. Wie wahrscheinlich war es, dass ihre einzige Tochter ebenfalls bei einem Absturz ums Leben kam?

Er schüttelte den Kopf und sah hinüber zu der Frau, die ihm die Wurzel allen Übels für seine kruden Gedanken schien und die sich jetzt bereits wieder angeregt mit ihrem Mann unterhielt.

Warum hatte Kate auch unbedingt mit El Al, der israelischen Fluglinie, fliegen müssen?

Swiss Air oder KLM, ja, sogar die Lufthansa, wären doch auch eine Möglichkeit gewesen.

Nein, ihre Tante Sarah war mit ihr Anfang Januar mit El Al nach Tel Aviv geflogen und jetzt, über einen Monat später, kam Kate mit der gleichen Fluglinie wieder zurück.

Wenn überhaupt, dachte er und sah wieder auf die Anzeigetafel, als sein Herz einen Satz machte. Die Landung der Maschine wurde angezeigt.

Fast eine Stunde später öffneten sich die Schiebetüren und als eine der Ersten kam Kate mit zwei Koffern und einer prall gefüllten Tasche über der Schulter, heraus. Mike fiel auf, wie braungebrannt sie war und ihr sonst dunkelblondes Haar war um einige Nuancen heller.

Sie entdeckte ihn sofort und ein breites Lächeln erschien auf ihrem Gesicht. Zugegeben etwas rüde drängte sich Mike durch die Wartenden und schloss Kate fest in die Arme.

„Gott sei Dank bist du wieder da", sagte er spontan, um sich im nächsten Moment fast etwas albern vorzukommen, schließlich waren sie ja keine Teenager mehr.

Aber Kate schien das nicht so zu sehen. Sie verstärkte den Druck ihrer Arme und küsste ihn fest auf den Mund.

„Schön, dass du mich vermisst hast", sagte sie und reichte ihm ihre Tasche.

„Ich dich übrigens auch", setzte sie nach und schob ihre zwei Koffer durch die Menschenmenge.

Mit einem zufriedenen Grinsen folgte ihr Mike.

Kate hatte sich tief in eine Decke gekuschelt und saß, die Füße angezogen, auf ihrer Couch.

Mike hatte Kaffee gekocht und sie trank genussvoll bereits die zweite Tasse.

„Also, der Kaffee in Israel war besser als erwartet, aber mit Daniels konnte er nicht mithalten", sagte sie und schloss genießerisch die Augen.

Dann öffnete sie sie wieder und sah sich um.

„Danke das du alles aufgeräumt hast, ich hoffe, es ist nicht alles im Müll gelandet?", sagte sie mit einem Lächeln, als Mike die Augenbrauen nach oben zog.

„Alles ordentlich verpackt auf dem Oberboden. Den Weihnachtsbaum habe ich zersägt und zu Kaminholz verarbeitet."

Kate streckte einen Daumen nach oben.

„Ich wusste gar nicht, dass du so ein perfekter Hausmann bist", sagte sie.

Mike zuckte die Schultern.

„Einer von uns beiden muss es ja wohl sein."

Er grinste und wich dem Kissen aus, das Kate nach ihm warf. Dann legte er noch ein paar Holzscheite in den Kamin, als er sah, dass sich Kate noch tiefer in die Decke hineingrub.

„Es war wirklich keine gute Idee gewesen im Januar nach Israel zu fliegen, dort war es herrlich warm und jetzt hier, brr", sagte sie und deutete auf die Terrassentür, vor der gerade ein heftiger Schneeregenschauer nieder ging.

„Ab nächste Woche soll es wärmer werden, laut Wetterbericht sogar fast schon frühlingshaft."

Mike klopfte die Hände ab und setzte sich wieder.

„Was gibt es Neues?", fragte Kate und er zuckte die Schultern.

„Zurzeit ist es verhältnismäßig ruhig. Eine junge Frau ist im Alberthain angegriffen und gewürgt worden. Glücklicherweise kam sie mit dem Schrecken und ein paar Würgemalen davon. Sie konnte sich selbst in der Notaufnahme vorstellen und hat auch Anzeige erstattet. Vom Täter fehlt noch jede Spur, zumal es keine genaue Beschreibung gibt. Männlich, groß, Handschuhe. Er hat ihre Handtasche geraubt, allerdings mit wenig Bargeld. Die EC-Karte hat sie umgehend sperren lassen und das Smartphone hatte sie in der Innentasche ihrer Jacke."

Er nahm einen Schluck von seinem Kaffee und lehnte sich zurück.

„Obermeister Müller, der die Anzeige aufgenommen hat, sagte mir, dass die Schwester in der Notaufnahme ihm erzählt hätte, bereits eine Woche vorher sei auch eine junge Frau in der Notaufnahme gewesen mit gleichem Tathergang. Die vermutete allerdings ihren stalkenden Exfreund hinter der Attacke und wollte keine Anzeige erstatten. Diese Schwester hätte es Müller gar nicht erzählen dürfen, aber sie kennen sich schon ziemlich lange. Jedenfalls brachte sie ihn auf die Idee, es könne wieder der Würger von Plauen sein."

Kate sah ihn verwundert an.

„Der Würger von Plauen? Da klingelt noch was bei mir."

Mike nickte. „Ab 1982 wurden Frauen in Plauen überfallen und gewürgt, teilweise bis zur Bewusstlosigkeit. Eben auch im Alberthain."

Kate nickte und setzte sich gerade hin.

„Jetzt weiß ich es wieder. War das nicht sogar einer von eurer Truppe?"

Mike nickte etwas widerstrebend.

„Naja, das war ja noch vor meiner Zeit, aber Marianne Jäger kann sich noch an ihn erinnern. Muss ein smarter Kerl gewesen sein, ausgesprochen nett und zuvorkommend. Die Kollegen wären wohl in aller Ewigkeit nicht auf ihn gekommen."

Er machte eine Geste und fuhr dann fort. „Jedenfalls hat es fünf Jahre gedauert, um ihn endlich dingfest zu machen."

Kate hatte ihre Füße wieder auf den Boden gestellt und starrte in das Kaminfeuer.

„Und dieser Obermeister Müller denkt, er ist wieder aktiv?"

Mike hob beide Hände.

„Kann gar nicht sein. Zwar hat er seine Strafe schon lange verbüßt und ist wieder auf freiem Fuß, aber, nehmen wir an, diese Theorie würde stimmen, der jetzige Täter wurde als junger Mann beschrieben und der ehemalige Würger ist heute schon weit über sechzig Jahre alt und lebt in Brandenburg."

Kate sah ihn an. „Aber du hast es gecheckt?"

Etwas widerstrebend nickte er.

„Ich hatte Frieder Lein gebeten, es zu überprüfen."

Kate legte die Decke zur Seite und stand auf.

„Also ist es entweder ein Trittbrettfahrer oder diese beiden Fälle sind wirklich Zufall hinsichtlich Zeitpunkt und Tathergang."

Kate stellte sich vor den Kamin und hielt ihre Hände in die Nähe der Flammen.

Mike war neben sie getreten.

„Ich vermute Letzteres. Aber jetzt einmal was anderes, wie war es denn nun, so ganz in Familia?"

Kate holte tief Luft. Bisher hatte sie relativ wenig erzählt. Auf der langen Autofahrt nach Plauen lediglich vom Land Israel, dem Wetter, den Ausflügen ans Tote Meer, aber wenig bis gar nichts über ihre, nun ja, neue Familie.

Als Einzelkind war sie mehr oder weniger nur mit ihren Eltern und der Frau, die sie für ihre Großmutter gehalten hatte, aufgewachsen. Bis zum vergangenen Jahr hatte sie nicht gewusst, dass ihre Mutter eine Zwillingsschwester hatte, von der jene nichts wusste. Rebecca war in Auschwitz von ihrer Mutter und ihrer Schwester getrennt worden, eine Tatsache, die ihnen, angesichts der Versuche, die Josef Mengele an eineiigen Zwillingen durchführte, höchstwahrscheinlich das Leben gerettet hatte. Aus Rebecca Weizman war Maria Voigt geworden, die Tochter eines angesehenen Plauener Ärzteehepaares.

Es war Professor Omar Amri zu verdanken, Rechtsmediziner und Pathologe, der nicht nur Kate offenbart hatte, dass die Frau, die sie 45 Jahre ihres Lebens für ihre Großmutter gehalten hatte, nie ein Kind geboren hatte, sondern schließlich auch gemeinsam mit

Kate und seinen guten Verbindungen die Hintergründe der doch recht spektakulären Adoption aufgeklärt.

Er war es auch gewesen, der ein erstes Zusammentreffen mit ihrer Tante Sarah, der Zwillingsschwester ihrer Mutter, herbeigeführt hatte.

Nun hatte Kate also plötzlich eine relativ große Familie, denn ihre Tante hatte drei Söhne, Schwiegertöchter, sowie acht Enkel, von denen bereits wieder drei verheiratet waren und sie bereits zur zweifachen Urgroßmutter gemacht hatten.

Kate war von der Herzlichkeit und vorbehaltlosen Integrierung ihrer Person in diese Familie so überwältigt gewesen, dass sie immer glaubte, ein Sandsturm der Gefühle ergieße sich tagtäglich über sie.

Mit so viel Nähe hatte sie anfangs Probleme gehabt und wenn sie ehrlich war, immer noch.

Auf der einen Seite war sie froh, wieder zu Hause zu sein, in ihrem vertrauten sozialen Umfeld, auf der anderen Seite fehlte ihr seltsamerweise ihre Familie schon jetzt.

Daher war sie dankbar, dass Mike sie abgeholt hatte und den ganzen Abend bei ihr blieb.

Sie ergriff seine Hand und drückte sie etwas.

„Ich bin froh, dass ich wieder da bin", sagte sie und er legte seinen Arm um ihre Schulter.

„Sicher bist du müde. Gehen wir schlafen?"

Sie nickte. „Gern."

Kapitel 4

Mike war gerade eingeschlafen, als sein Diensthandy klingelte. Wie immer in solchen Situationen war er schlagartig wach, ergriff es und lief aus dem Zimmer, um Kate nicht zu wecken.

Aber das war sinnlos, wie er inzwischen wissen müsste. Als ehemalige FBI Agentin hatte sie genau wie er einen leichten Schlaf und war sofort im Bereitschaftsmodus.

„Köhler", meldete er sich vor der Tür und der Kollege des Dauerdienstes meldete sich ebenfalls mit Namen.

„Wir haben wieder einen tätlichen Angriff auf eine junge Frau, 28 Jahre. Sie arbeitet als Servicekraft und war auf dem Heimweg, als sie an der Liebigstraße, nahe der Streichhölzerbrücke, überfallen und gewürgt wurde. Sie war wohl eine kurze Zeit bewusstlos, denn sie ist laut Notarzt ziemlich unterkühlt. Sie wurde von einem Passanten gefunden und der hat sie im eigenen Auto in die Notaufnahme gebracht."

Mike hatte aus dem Augenwinkel gesehen, dass Kate das Schlafzimmer verlassen hatte und an ihm vorbei nach unten huschte.

„Ich komme, danke", sagte er zu seinem Gesprächspartner und ging zurück ins Schlafzimmer.

Da die Frau jetzt ärztlich versorgt war, hatte er wohl noch Zeit für eine Dusche und eine Rasur.

Als er kurz darauf nach unten kam, roch er schon den Duft von frisch gebrühten Kaffee.

Die Uhr zeigte zwei Uhr dreißig an.

Er gab Kate einen Kuss, sie roch nach Schlaf, einem Hauch von ihrem frisch- blumigen Parfüm und nach ihm.

„Danke", sagte er nur und nahm ihr den Kaffeetopf mit schwarzen Kaffee aus der Hand, den sie ihm hinhielt. Nach dem ersten Schluck, der ihn umgehend wacher machte, lächelte er sie an.

„Es hat wirklich seine Vorteile, eine EX-FBI-Agentin als Lebenspartnerin zu haben."

Sie lächelte zurück. Dann sagte sie, auf sein Diensthandy deutend, dass er gerade in seine Tasche steckte: „Schlimm?"

Er schüttelte leicht den Kopf und trank wieder.

„Wie man es nimmt. Es ist wieder eine junge Frau gewürgt worden. Glücklicherweise scheint sie weitgehend unversehrt zu sein, wenn auch leicht unterkühlt. Aber wenn es der gleiche Modus Operandi ist, und so scheint es, haben wir es mit einer Serie zu tun. Die Tatorte ähneln sich, das finde ich etwas beängstigend."

Kate sah ihn an und nickte langsam.

„Das bedeutet also, jemand will den Würger von Plauen wieder auferstehen lassen."

Mike fuhr den bekannten Weg in die Notaufnahme des Plauener Klinikums. Wie oft hatte er hier schon geparkt, fragte er sich, als er das Auto im Kurzparkbereich abstellte und seine Dienstkarte gut sichtbar hinter die Windschutzscheibe legte. Nicht das noch ein übermotivierter Mitarbeiter ihn abschleppen ließ, auch wenn es mitten in der Nacht war.

Noch im Eingangsbereich traf er auf den Psychiater Doktor Feigler, mit dem er bereits bei vergangenen Fällen zusammengearbeitet hatte.

„Na, auch mal wieder Dienst?", fragte er den Psychiater lächelnd.

Dieser verzog sein Gesicht zu einem hilflosen Ausdruck und reichte Mike die Hand. „Was will man machen? Die jungen Kollegen reißen sich nicht eben um die Dienste, da muss der Alte ran."

Danach wurde er ernst. „Sie sind sicher wegen der jungen Frau da, die überfallen wurde?"

Als Mike nickte, winkte der Arzt ihn in einen kleinen Raum. „Vom Medizinischen aus gesehen muss man sagen, sie ist nicht schwer verletzt. Sie wird vielleicht noch ein paar Tage Schluckprobleme haben, aber sonst dürfte es das gewesen sein."

Er bot Mike einen Platz an und setzte sich ebenfalls. „Aber das wird ihnen alles noch Kollege Bernauer erzählen. Vom psychischen Status aus gesehen muss ich sagen, steht die junge Frau massiv unter Schock. Ich glaube kaum, dass sie von ihr eine brauchbare Aussage bekommen. Sie können es versuchen, aber ich kann nicht zulassen, dass sie länger als fünf bis zehn Minuten mit ihr sprechen."

Als Mike ihn fragend ansah, ergänzte er: „Sie ist meine Patientin. Ich werde sie erst einmal für ein paar Tage stationär aufnehmen. Im Übrigen haben wir dafür gesorgt, dass alle Kleidungsstücke eingetütet wurden, um sie der Spurensicherung zu übergeben."

Mike nickte dem Psychiater anerkennend zu.

Dieser erhob sich und sah Mike etwas irritiert an, als dieser sitzen blieb und zu ihm aufsah.

„Herr Doktor Feigler, könnte ich sie noch in einer anderen Angelegenheit um ihre Meinung bitten?"

Der Arzt nickte und nahm wieder Platz.

„Gern", sagte er und vermittelte wie immer den Eindruck, alle Zeit der Welt zu haben. Genau das wusste Mike so an ihm zu schätzen.

„Können sie sich noch an die Geschichte mit dem Würger von Plauen erinnern?"

Der Arzt runzelte etwas die Stirn, dachte nach und nickte schließlich. Dann sah er Mike eindringlich an.

„Sie glauben doch wohl nicht…"

Mike unterbrach ihn mit einer Geste.

„Nein, es kann nicht der gleiche Täter sein wie damals. Das habe ich schon überprüfen lassen. Aber der Modus Operandi ist fast identisch, die Örtlichkeiten, der Tathergang."

Der Psychiater schien eine Weile nachzudenken, dann sah er Mike wieder an.

„Sie denken an einen Trittbrettfahrer? Interessant, nach so langer Zeit, über dreißig Jahre. Damals

25

wurden ja viele Details nicht veröffentlicht."

Mike winkte ab. „Damals nicht. Aber vor ein paar Jahren wurde der Fall noch einmal in einem Buch detailliert aufgegriffen."

Der Arzt nickte bedächtig. „Dann wäre es durchaus möglich. Das jemand mit ähnlichen Ambitionen den Bericht gelesen hat und davon animiert wurde. Ähnliche Fälle gab es bereits in Amerika, sie wurden auch wissenschaftlich untersucht."

Jetzt war es Mike der sich als erstes erhob.

„Danke, Herr Doktor, ich wollte nur ihre Bestätigung."

Der Arzt war sitzen geblieben.

„Sie glauben wirklich schon nach dem zweiten Fall an eine Serie?", fragte er.

Mike zögerte, aber nur einen kurzen Moment. Er wusste, dass er Doktor Feigler vertrauen konnte.

„Es ist der dritte Fall, einer ist jedoch inoffiziell. Die Frau hat keine Anzeige erstattet, da sie vermutete, es sei ihr sie stalkender Exfreund gewesen und dieser würde ihr massiven Ärger machen, sollte sie es zur Anzeige bringen."

Er sah, dass der Psychiater tief einatmete.

Als er sich erhob, legte er kurz seine Hand auf Mikes Schulter.

„Ich beneide sie nicht, Herr Hauptkommissar. So bald wird er nicht aufhören damit. Sehen sie also zu ihn zu stoppen."

Mike betrat das Zimmer, in dem die junge Frau untergebracht war.

Peggy Neidhardt saß in ihrem Bett, der Fernseher lief. Irgendeine Daily Soap eines Privatsenders mit auffallend jungen, perfekt aussehenden Menschen, die sich permanent zu streiten schienen.

„Frau Neidhardt?"

Erst als diese den Kopf in seine Richtung drehte, sah Mike, dass sie einen Halsverband trug.

„Hauptkommissar Köhler. Herr Doktor Feigler hat mir ein paar Minuten Gespräch mit ihnen gestattet. Ist das okay für sie?"

Die junge Frau reagierte erst überhaupt nicht, sondern fixierte wieder den Fernseher, wo gerade das bisherige Streitgespräch in eine handfeste Schlägerei auszuarten schien.

Eine dezent geschminkte, superschlanke Blondine ging mit beiden Fäusten auf eine auffällig gekleidete Brünette zu und bedachte sie mit übler Fäkalsprache. Mike fragte sich nicht das erste Mal, wer sich überhaupt solch einen Unsinn ansah. Aber scheinbar gab es ein dankbares und scheinbar wenig reflektiertes Publikum.

„Frau Neidhardt?", fragte Mike leise nach und erst jetzt schien sich die junge Frau an ihn zu erinnern. Sie sah ihn an, als wäre er eben erst ins Zimmer gekommen.

„Ja? Was wollen sie von mir?"

Ihre Stimme klang leise und sehr rau.

Mike trat etwas näher und deutete auf den Fernseher,

in dem inzwischen ein Pseudopolizeibeamter die beiden Frauen unter ebenfalls lautem Gebrüll zu trennen versuchte.

Als die junge Frau noch immer nicht reagierte, nahm er die Fernbedienung vom Nachtkasten und schaltete den Fernseher ab. Eine wohltuende Ruhe breitete sich in dem Krankenzimmer aus.

Mike holte tief Luft und zog einen Stuhl heran. In entsprechendem Abstand setzte er sich zu Peggy Neidhardt, die auf den jetzt dunklen Fernseher starrte. „Haben sie ihn jetzt ausgeschaltet?", fragte sie schließlich Mike.

Doktor Feigler hatte recht, die junge Frau stand noch ziemlich neben sich.

„Ja", sagte Mike ruhig. „Ich wollte mich gern mit ihnen unterhalten."

Wieder verging eine Weile, dann nickte sie schließlich. Mike lehnte sich gerade zurück, als die Tür aufging und Doktor Feigler eintrat.

„Ich habe noch keine einzige Frage gestellt", raunte Mike dem Psychiater zu, der kurz nickte und sich auf die andere Seite des Bettes setzte, aber deutlich näher heran, als Mike es getan hatte.

„Peggy, der Herr Hauptkommissar möchte ihnen nur ein paar Fragen stellen zu dem Ereignis heute Abend, dann lässt er sie gleich in Ruhe."

Seine Stimme war ruhig und so entspannt, dass sie sogar bei Mike ihre Wirkung entfaltete.

Dann nickte er ihm zu.

„Frau Neidhardt, können sie den Mann beschreiben,

der sie überfallen hat?"

Die junge Frau legte ihre Stirn in Falten und ihr Blick glitt von Mike zu dem Psychiater.

Doktor Feigler strich kurz über deren Hand.

„Lassen sie sich Zeit, Peggy."

Diese nickte, dann sah sie wieder zu Mike. „Er war groß, also so wie sie vielleicht, aber kräftiger."

Mike lehnte sich vor. „Haben sie ihn gesehen?"

Peggy Neidhardt nickte wieder.

„Ja. Er war erst hinter mir, auf der Streichhölzerbrücke. Ich habe mich kurz umgedreht, aber er hatte sein Gesicht über sein Smartphone gebeugt und schien mich gar nicht zu beachten. Deshalb…"

Sie schüttelte den Kopf und schlug sich mit der flachen Hand vor die Stirn.

„Peggy, das ist völlig in Ordnung. Wir können doch nicht jedem Menschen, der uns begegnet, misstrauen."

Die junge Frau sah den Psychiater an. „Aber ich hätte nicht so spät dort entlang gehen sollen, das hat mein Freund mir schon tausendmal gesagt."

Sie sah zu Mike hinüber.

„Er ist in Finnland, auf Montage. Wenn er das erfährt…" Sie schüttelte wieder den Kopf.

„Was passierte dann?", hakte Mike langsam nach.

Peggy Neidhardt atmete tief ein. „Ich hörte plötzlich die Schritte ganz dicht hinter mir und als ich mich umdrehte, packte er mich am Hals. Jetzt hatte er so eine Art Sturmhaube auf. Ich sah nur seine Augen. Ich habe seine Hände gepackt, aber er hatte

Handschuhe an, so Gummihandschuhe, wie man sie zum Spülen trägt."

Ihr Atem ging jetzt schneller und der Psychiater warf Mike einen warnenden Blick zu. Dann wandte er sich an die junge Frau, die aufrecht im Bett saß, als wolle sie es jeden Moment fluchtartig verlassen.

„Peggy, sie sind hier in Sicherheit. Wenn sie jetzt das Gespräch abbrechen wollen ist das völlig in Ordnung." Seine ruhige Stimme verfehlte auch dieses Mal nicht seine Wirkung.

Peggy Neidhardt schien sich zumindest etwas zu entspannen und lehnte sich wieder in ihr Kissen zurück.

„Nein, es geht schon", sagte sie zu Mikes Erleichterung leise, aber bestimmt.

„Können sie sich an die Farbe der Handschuhe erinnern?", fragte Mike.

Die junge Frau nickte. „Schwarz, sie waren schwarz, wie alles was er anhatte. Er trug so eine Art Motorradkluft, auch so Bikerstiefel. Ich habe versucht ihn in die Schienbeine zu treten, aber das ging gar nicht."

Mike lächelte sie etwas an. „Sie machen das wirklich ganz großartig, Frau Neidhardt. Ihre Beobachtungsgabe, Respekt."

Peggy Neidhardt lächelte zögerlich zurück.

„Ich will doch, dass der Kerl gefasst wird, ehe er das noch mal macht, so ein perverses Schwein."

„Das hat er schon zwei Mal gemacht", dachte Mike, aber er hütete sich, es auszusprechen.

Die Gefahr bestand ohnehin, dass sich bald das Gerücht eines neuen Würgers von Plauen verbreitete

und in Zeiten von Socialmedia würde das explosions-
artig passieren.

„Wir tun unser Bestes, Frau Neidhardt", sagte er
stattdessen und fing einen Blick des Psychiaters auf,
der ihm andeutete, dass die von ihm bewilligte Zeit
zu Ende sei.

Er nickte leicht, wandte sich aber noch einmal an
Frau Neidhardt. „Ist ihnen noch irgendetwas aufgefallen, irgendetwas Besonderes?"

Diese runzelte wieder die Stirn. „Irgendetwas war
noch, aber es fällt mir nicht mehr ein."

Der Psychiater erhob sich. „Dann denken sie in Ruhe
darüber nach, Peggy, morgen vielleicht. Jetzt müssen
sie erst einmal schlafen. Schwester Karina bringt
ihnen ein leichtes Schlafmittel, wie wir es besprochen
haben."

Mike blieb nichts anderes übrig als ebenfalls aufzu-
stehen. Er nickte der jungen Frau zum Abschied zu
und verließ mit Doktor Feigler gemeinsam das Krankenzimmer. Auf dem Flur sah dieser den Hauptkommissar eindringlich an. „Es hätte keinen Zweck gehabt, weiter in sie zu dringen. Lassen sie sie schlafen
und vielleicht kann sie sich morgen an weitere Details erinnern. Ich finde, für den Schock, den sie hat,
waren ihre Aussagen wirklich erstaunlich konkret."
Mike nickte zustimmend.

„Hoffen wir also, dass sie sich wirklich noch erinnert,
an irgendetwas, was uns weiterbringt. Denn bisher
ist die Spurenlage ausgesprochen dünn."

Kapitel 5

Jasmin lächelte die Flasche israelischen Wein an, die Kate ihr überreichte. „Genau mein Geschmack", sagte sie und drückte Kate spontan einen Kuss auf die Wange.

Diese überreichte Omar gerade ein Gewürzset. „Für den Gourmet", sagte sie mit einem Augenzwinkern, denn der Pathologe war nicht nur ein leidenschaftlicher und exzellenter Koch, er aß auch ebenso gern. Wohlwollend betrachtete er das Set, um Kate anschließend in eine bärenhafte Umarmung zu ziehen. So empfand sie es jedenfalls immer, wenn Omar sie an seine breite Brust drückte.

„Wir sind froh, dass du wieder da bist", sagte er und grinste sie breit an, als er sie sanft von sich schob.

„Du bist doch nur froh, dass ich deine Frau wieder etwas entlaste", entgegnete sie und sah Jasmin an. Diese nickte. „Es wäre eine Lüge zu sagen, dass ich nicht froh darüber bin. Ich will langsam anfangen zu packen, denn im März wollen wir umziehen. Die Handwerker sind schon ganz schön weit."

Omar und Jasmin planten, gegenüber von Kate einzuziehen. Der bisherige Eigentümer, Herr Winter, hatte nach eigener Aussage die Nase voll von seinem großen Haus und der Einsamkeit und war im neuen Jahr bei Kates Nachbarin, Frau König, eingezogen. Im Vorfeld hatte er sich öfter mit Omar unterhalten und am Weihnachtsabend hatte er Jasmin und Omar sein Haus angeboten. Vorerst für ein Jahr zur Miete, aber wenn alles glatt ging, würden sie es danach kaufen.

Kate holte tief Luft. „Ich freue mich darauf, wenn wir Nachbarn sind", sagte sie und nahm Platz, während sie den Wohnraum um sich herum musterte.

Omars Wohnung war mehr als großzügig geschnitten und soweit Kate sich erinnerte, hatte er vor ein paar Jahren diese Wohnung gekauft. Er schien ihre Gedanken zu lesen. „Ich verkaufe sie nicht, sondern vermiete sie erst einmal auf ein Jahr. So lange haben wir und Herr Winter uns ja Bedenkzeit gegeben. Er will schauen, ob er mit seiner Frau König zurechtkommt und wir…" Er sah zu seiner Frau hinüber, die ihm einem drohenden Blick zuwarf. „Überlege dir genau was du sagst."

Dann brachen beide in Lachen aus.

„Nein, auch danach verkaufe ich die Wohnung nicht, sie ist eine gute Geldanlage", sagte Omar und setzte sich in einen breiten Sessel. „Wir haben immer mal Praktikanten, Studenten, die für einige Zeit eine Wohnung suchen. Und da wir uns sowieso komplett neu einrichten wollen, lasse ich die meisten Sachen stehen."

Kate nickte. „Das ist außerordentlich großzügig von dir", sagte sie, aber Omar winkte ab.

„Unsinn, die Wohnung ist eine gute Geldanlage", wiegelte er ab und Kate sah, wie Jasmin lächelte.

Omar war einer der großherzigsten Menschen, die sie kannte. Er unterstützte neben seiner Gemeinde auch zahlreiche Projekte, aber er wollte das möglichst nicht thematisieren.

Daher hielt sie es jetzt für geraten, das Thema zu wechseln. „Was ist denn das für eine Geschichte mit diesem Würger?", fragte sie und Omar schien es geradezu begierig aufzunehmen.

Er beugte sich etwas nach vorn. „Ja, das ist wirklich eine der seltsamsten Geschichten, die wir je hatten. Da scheint doch wirklich einer diese alte Sache aus den 80zigern wieder aufleben lassen zu wollen. Es ist schon der dritte Fall, obwohl Nummer eins nicht offiziell ist, weil sich die Krankenschwester der Notaufnahme nur gegenüber der Polizei verplappert hat."

Da Kate in die Sache involviert war, fragte sie: „Und wenn es wirklich der stalkende Ex- Freund war?"

Omar wog seinen Kopf langsam von links nach rechts und wieder zurück.

„Möglich, aber ich habe mich noch einmal mit Schwester Katrin unterhalten, inoffiziell natürlich. Sie hat mir bestätigt, dass es genau so war, wie bei Miriam Vogler, der jungen Frau, die eine Woche später gewürgt wurde und Anzeige erstattete."

Kate atmete aus. „Also habt ihr eine Serie?"

Omar sah sie an. „Naja, zumindest sind es offiziell seit gestern Nacht zwei Opfer."

Jasmin kam aus dem Küchenbereich zurück und stellte vor Omar und Kate je ein Glas selbstgemachte Limonade und vor sich ein Glas Weißwein.

„Die Abstände werden immer kürzer", sagte Omar und ergänzte stirnrunzelnd. „Es wäre an der Zeit, diesen Verrückten zu stoppen."

Kapitel 6

Als Mike im Preiselpöhl ankam, sah er schon von weitem die Blaulichter, die die Nacht in ein gespenstisches Licht tauchten.

Der Anruf hatte ihn noch im Büro angetroffen, gerade als er für heute Schluss machen und zu Kate fahren wollte. Sie hatte ihn noch kurz vorher eine Nachricht geschickt, dass sie etwas zu Essen für ihn warmhalten würde. Daraus würde wohl heute nichts mehr werden. Er hatte ihr das schnell per Nachricht mitgeteilt und war zu seinem Wagen gespurtet.

Der kleine Park war weiträumig abgesperrt, um die Gaffer auf Abstand zu halten, was auch scheinbar gut gelungen schien. Nur in Richtung Straßenbahnhaltestelle war ein Pulk an Jugendlichen auszumachen, die, erfolglos allerdings, mit der Polizei diskutierten. Lediglich die Bewohner der Umgebung, die aus ihren Fenstern in die Nacht spähten, konnten davon nicht abgehalten werden, würden aber, außer dem Aufgebot an Polizei und Rettungsfahrzeugen, nichts sehen können.

Mike verließ seinen Wagen, nickte den Beamten zu und ging zum Leiter der Spurensicherung, Karsten Windisch, der ihn bereits entdeckt hatte und ihm Schuhüberzieher und einen Kittel hinhielt.

„Dieses Mal hat es der selbsternannte Würger übertrieben", sagte er mit einem bissigen Unterton und deutete auf Omar, der sich über eine leblos daliegende Frau beugte.

Mike zog die Augenbrauen in die Höhe.

Karstens ausgesprochene Theorie war noch nicht bewiesen, es hätte sich auch um eine Beziehungstat handeln können. Der Leiter der Spurensicherung deutete Mikes Ausdruck richtig.

„Der gleiche Tathergang, ausgeraubt und gewürgt, aber diesmal wohl etwas zu stark."

Mike merkte an seiner Stimmlage, dass der Leiter der Spurensicherung echt betroffen war. Da es sich, zumindest dem ersten Anschein nach, um eine junge Frau handelte, verstand Mike auch warum.

Karsten Windisch hatte selbst zwei Töchter, eineiige Zwillinge, die ungefähr im gleichen Alter sein mussten. So professionell er sonst auch war, der Tod einer jungen Frau ging auch ihm und deswegen vielleicht noch etwas mehr, an die Nieren.

Mike nickte ihm zu und ging einen Schritt näher an den Tatort, wo sich gerade Omar Amri aus einer hockenden Stellung mit einem tiefen Seufzer erhob.

„Hallo", sagte er zu Mike. „Karsten scheint nicht unrecht zu haben. Ich vermute auch, dass es sich hier um einen, aus dem Ruder gelaufenen, Würgeversuch unseres Pseudowürgers gehandelt hat. Entweder hat sich die junge Frau zu heftig gewehrt oder aber hat er dieses Mal die Dosis, aus welchen Gründen auch immer, erhöht. Ich vermute, er hat den Kehlkopfdeckel eingedrückt, aber das nach der Autopsie."

„Sexualdelikt?", fragte Mike, aber der Pathologe schüttelte den Kopf.

„Nach äußerer Inaugenscheinnahme nicht. Die

Bekleidung ist intakt."

Er streifte die Einmalhandschuhe ab und sah Karsten Windisch an.

„Wenn ihr fertig seid, kann sie abtransportiert werden."

Mike stand jetzt unmittelbar neben der Toten, die auf dem Rücken lag und ihn aus leeren Augen anzustarren schien. Die Würgemale um den Hals waren durch die hellen Lampen, die rings um den Tatort platziert worden waren, gut erkennbar.

Plötzlich stutzte Mike und wandte sich zu Karsten Windisch um.

„Papiere? Habt ihr welche gefunden?"

Der Leiter der Spurensicherung zuckte bedauernd die Schultern.

„Tut mir leid, nichts. Die Tasche, so sie eine hatte, ist weg und die Manteltaschen leer."

Mit einem Seufzer griff Mike zu seinem Smartphone und streckte Karsten die Hand entgegen, der gerade das Bestattungsunternehmen rufen wollte.

„Warte bitte noch", sagte er zu ihm und hielt das Telefon an sein Ohr.

„Kate? Kannst du bitte kommen? Straßenbahnendhaltestelle Preiselpöhl. Ich brauche dich zu einer Identifizierung."

In diesem Moment hatte sich wieder einmal gezeigt, dass Kate eine langjährige FBI Agentin gewesen war. Sie hatte Mike nicht erst nach dem WARUM gefragt, sondern mit einem knappen: „Bin gleich da", aufgelegt und war wirklich in Rekordgeschwindigkeit gekommen.

Mike hatte inzwischen sichergestellt, dass man sie umgehend zum Tatort durchließ und als sie an dem Park ankam und aus dem Auto ausstieg, folgte sie seiner wortlosen Geste näher zu treten.

Sie stoppte kurz, hielt Karsten Windisch die Hand hin, der ihr, ebenso wortlos, Schuhüberzieher und Kittel reichte.

„Kate, ich vermute, du kennst die junge Frau", sagte Mike endlich und trat beiseite, dass sie einen Blick auf die Tote werfen konnte.

Kate ging näher heran, beugte sich etwas hinunter und Mike hörte, wie sie tief einatmete. Langsam erhob sie sich und sah von ihm zu Omar, der ebenfalls nähergetreten war.

„Das ist Romy Sommer, meine Mitarbeiterin", sagte sie leise und trat wieder einen Schritt zurück.

Dann deutete sie nach vorn.

„Dort in dem Haus wohnt sie, erste Etage, wo das Licht brennt."

Mike folgte ihrer Geste. „Sie lebt nicht allein?", fragte er, aber Kate schüttelte den Kopf.

„Doch, wenn man von ihrer Katze absieht. Sie hat ein Smarthomesystem. Sie hat mir einmal erzählt, dass sie es nicht mag in eine dunkle Wohnung zu kommen und es wäre auch für ihre Katze angenehmer."

Kate holte tief Luft und sah Omar an.

„Der Würger?", fragte sie leise.

Dieser wog den Kopf bedächtig hin und her. „Sieht so aus, aber noch kann ich mich nicht festlegen."

Mike wollte erst mit Kate zu ihrem Büro im Wilkehaus fahren. Er wusste, dass sie dort ein Überwa-
chungssystem hatte, das abends vom letzten Mitarbeiter scharf geschalten wurde.

Aber Kate winkte ab und zog ihr iPhone aus der Tasche.

„Das hat mir Steven schon längst so installiert, dass
ich im Notfall immer darauf zugreifen kann, inklusive Überwachungskameras."

Sie hatten sich in Mikes Auto zurückgezogen, da es
doch empfindlich kalt war und sie außerdem nicht
im Weg herumstehen wollten.

Kate holte tief Luft. „Zwanzig Uhr zwölf. Romy hat
gerade die Alarmanlage scharf gestellt."

Sie hielt Mike das iPhone hin und schüttelte den
Kopf. „Ich habe ihr immer wieder gesagt, sie soll
nicht so lange arbeiten. Aber sie meinte, abends hätte
sie mehr Ruhe und es wäre viel liegengeblieben, obwohl Abby ja nach Sandys Weggang Schadensbe-
grenzung gemacht hat."

Sie seufzte und ließ sich in das Polster zurücksinken.

Mike gab ihr das iPhone zurück und drückte dabei
kurz ihre Hand.

„Kate, dir muss ich das wohl kaum sagen, sie war zur
falschen Zeit am falschen Ort, wahrscheinlich hätte es
jede andere Frau auch treffen können."

Er sah auf die Uhr.

„Du sagst, sie ist mit der Straßenbahn gefahren. Nehmen wir an, sie hat gleich eine Bahn bekommen, ab
Capitol, dann müsste sie so gegen Zwanzig Uhr

fünfundvierzig hier im Park gewesen sein."

Sie nickte etwas geistesabwesend, dann sah sie in ihr iPhone, googelte kurz etwas und sagte zu Mike: „Ihr Vater ist Bertram Sommer, er hat eine Spedition. Romy hat vorher bei ihm gearbeitet und als es durch den Lockdown bei ihm schlecht lief, hat Abby ihr vorgeschlagen, es doch bei mir zu versuchen. Nachdem sich jetzt alles wieder normalisiert hat, wollte ihr Vater sie gern zurück in sein Unternehmen, aber Romy wollte gern bei uns bleiben. Sie sagte mir, sie helfe ihm mal am Wochenende aus, aber langfristig wäre die Arbeit bei uns spannender."

Sie atmete wieder hörbar aus.

„Wollen wir gleich zu ihm fahren?"

Mike warf ihr einen kurzen Blick zu.

„Kate, das sollte ich mit Marianne Jäger…"

„Nein," unterbrach sie ihn. „Ich war immerhin ihre Arbeitgeberin, vielleicht sogar etwas mehr. Ich werde mich nicht vor dieser Aufgabe drücken, also."

Sie sah ihn auffordernd an.

Mike schüttelte den Kopf, startete aber den Wagen.

„Also gut", murmelte er. „Auch wenn es gegen alle Vorschriften ist."

Bertram Sommer lebte mit seiner neuen Lebensgefährtin in einem kleinen Haus auf dem Gelände seiner Spedition im Gewerbegebiet in Reisig.

Die Autofahrt dahin dauerte keine zehn Minuten und Bertram Sommer empfing sie in Jogginghose und Sweatshirt. Er war ein großer, schlanker Mann mit kurzem, gepflegten Haarschnitt und ähnelte seiner

Tochter auffallend.

„Frau Schulz?", fragte er stirnrunzelnd und Kate war erstaunt, dass er sie kannte. Aber dann erinnerte sie sich, dass sie ihn einmal mit seiner Tochter im Café Müller getroffen und kurz begrüßt hatte.

Mike zog seinen Dienstausweis aus der Tasche und stellte sich vor. Bertram Sommer wurde schlagartig blass und sein Blick glitt von Mike zu Kate.

„Romy? Ist ihr etwas passiert?", flüsterte er und Kate deutete nach innen.

„Wollen wir nicht erst einmal rein gehen?", fragte sie leise und Romys Vater nickte. „Natürlich, entschuldigen sie."

Er führte sie durch einen schmalen Flur in ein Wohnzimmer mit großen Fenstern und einer ausladenden, hellgrauen Sitzlandschaft. Scheinbar hatte es sich Bertram Sommer gemütlich gemacht. Im Fernseher lief ein Thriller, auf dem niedrigen Couchtisch standen eine Flasche Bier und eine Schale Chips.

„Bitte nehmen sie doch Platz." Er deutete auf die Couch und stellte den Fernseher ab.

„Katja, also meine Lebensgefährtin, ist ein paar Tage bei ihrer Mutter in Hamburg und ich…"

Er brach ab und sah seine beiden Gäste wieder eindringlich an. „Ist etwas mit Romy passiert?"

Mike nickte. „Es tut uns sehr leid, Herr Sommer. Ihre Tochter wurde tot aufgefunden."

Der Mann starrte ihn an. „Wie? Tot aufgefunden? Hatte sie einen Unfall?"

Kate erhob sich und trat neben ihn. „Herr Sommer,

vielleicht sollten sie sich erst einmal setzen."

Er sah sie an und sie spürte, wie sein Schmerz von Zorn überflutet wurde. „Ich will mich aber nicht setzen", schrie er Kate an und diese sah, wie Mike sich anspannte. Scheinbar befürchtete er, dass es zu einer körperlichen Reaktion kommen könnte. Sie ging auf Abstand und setzte sich wieder.

Dagegen erhob sich jetzt Mike. „Herr Sommer, ihre Tochter wurde höchstwahrscheinlich das Opfer eines Gewaltverbrechens."

Eine Weile war es still in dem Raum. Schließlich ließ sich Bertram Sommer auf das Couch zurückfallen.

„Was ist passiert?", fragte er leise und auch Mike nahm wieder Platz. „Wie gesagt, wir wissen es noch nicht genau. Herr Sommer, haben sie einen Schlüssel zur Wohnung ihrer Tochter?"

Dieser runzelte die Stirn. „Hatte sie denn keinen bei sich, ich meine…" Er holte tief Luft. „Sie wurde ausgeraubt?"

Dann sah er zwischen Mike und Kate hin und her. „Wie sind sie…?" Mike unterbrach ihn. „Ich hatte ihre Tochter einmal bei Frau Schulz im Büro gesehen und habe sie angerufen, damit sie Romy identifiziert." Bertram Sommer nickte. Dann erhob er sich. „Gehen wir. Ich habe einen Schlüssel", sagte er.

Kate sah Mike an. „Herr Sommer, sie müssen nicht…" Dieser war bereits im Flur verschwunden.

„Lass ihn", sagte Kate leise. „Bis wir dort sind, ist Romys Leichnam schon abtransportiert. Vielleicht ist es gut, wenn er mit in die Wohnung geht."

Kate hatte recht behalten. Zwar war in dem kleinen Park die Spurensicherung noch am Werk, aber Rettungswagen sowie der Wagen des Bestattungsunternehmens waren weg. Als sie vor der Wohnung von Romy Sommer aus dem Wagen stiegen, sah ihr Vater zu dem Park hinüber.

„Ist es dort passiert?", fragte er leise und Mike nickte. Sein Arm schnellte nach vorn und er erwischte Bertram Sommer noch am Ärmel seiner Jacke.

„Bitte bleiben sie hier. Sie würden die Arbeit der Spurentechnik nur behindern oder sogar Spuren verwischen."

Der Mann stoppte seinen Schritt.

„Aber ich muss doch zu ihr, ich meine…"

„Sie wurde in die Rechtsmedizin gebracht", mischte sich jetzt Kate ein und Bertram Sommer wischte sich über sein Gesicht. „Ja, ja natürlich", murmelte er und wandte sich zur Haustür, die er aufschloss.

Als sie die erste Etage erreichten, stoppte Mike ihn.

„Einen Moment bitte", sagte er und im gleichen Moment hörten sie ein leises Scheppern von unten.

Karsten Windisch kam mit einem Spurensicherungskoffer die Treppe herauf.

„So, da bin ich", sagte er, dann sah er Herrn Sommer an. „Mein aufrichtiges Beileid."

Dieser nickte stumm und Karsten machte sich an der Tür zu schaffen. Schließlich richtete er sich auf.

„Kein Hinweis auf ein gewaltsames Eindringen oder auch nur einen Versuch. Ich nehme noch die Fingerabdrücke und dann könnt ihr rein."

Mike hatte Bertram Sommer um den Schlüssel gebeten und schloss die Vorsaaltür auf. Kaum war er eingetreten, hörte er ein leises Geräusch, aber Bertram Sommer ging einfach an ihm vorbei.

„Mascha", sagte er leise und eine getigerte Katze kam durch das Wohnzimmer gehuscht und schmiegte sich an sein Hosenbein.

Dann hob sie den Kopf, begutachtete Mike und Kate.

„Was wird denn nun aus ihr?", murmelte Romys Vater, während er die Katze auf den Arm nahm und streichelte.

Kate sah ihn an. „Könnten sie nicht…"

Er schüttelte den Kopf. „Katja, meine Lebensgefährtin, hat eine Katzenhaarallergie. Darum ist sie nie mit zu Romy gegangen."

Die Katze sprang unvermittelt von seinem Arm und sah zu Kate auf und miaute. Diese nahm sie hoch und wurde mit einem langgezogenen, tiefen Schnurren bedacht. Sie sah zu Mike, der seinerseits das Wohnzimmer inspizierte und er zuckte nur mit den Schultern.

„Ich könnte sie zu mir nehmen", sagte Kate schnell, ehe sie es sich anders überlegte. Sie hatte schon einmal darüber nachgedacht, sich ein Tier zuzulegen, wobei eine Katze nicht ihre erste Wahl gewesen war. Aber sie hatte einen großen Garten und auch nach vorn, zur Straße hinaus, war es ziemlich verkehrsarm, also durchaus Katzengeeignet. Und Katzen waren relativ autark, sie musste sich also wenig Gedanken machen, wenn sie tagsüber nicht zu Hause war.

Scheinbar lenkte die Katze Bertram Sommer etwas
ab. Er ging in einen Nebenraum und brachte eine
Katzenbox und stellte sie neben Kate hin. Diese
nickte und streichelte die Katze, die ihrerseits die
Transportbox kritisch beäugte. Sicher war sie in dieser des Öfteren zum Tierarzt gebracht worden, was
nicht unbedingt positive Erinnerungen auslösen
musste.

„Na, dann wollen wir mal", murmelte Kate und
schob die Katze in die Box, was sich diese zwar unter
leise protestierendem Maunzen, aber sonst anstands-
los gefallen ließ.

Kate schloss die Tür der Box und sah zu Mike, der
ein gerahmtes Foto in der Hand hielt. Es zeigte Romy
gemeinsam mit einem etwa gleichaltrigen Mann am
Meer. Er war deutlich größer als sie, muskulös, was
auf regelmäßigen Besuch eines Fitnessstudios hindeutete und hatte über den gesamten, nackten Ober-
körper und die Arme hinweg großflächige Tattoos.
Sie hielten sich fest umschlungen und der Wind hatte
ihrer beider Haare wild zerzaust.

„War das Romys Freund?", fragte Mike jetzt Bertram
Sommer, der gerade wieder aus dem Nebenraum
kam und neben der Katzenbox einen Beutel mit Katzenfutter sowie ein weiches, hellblaues Katzenbett
mit Katzenpfotenapplikationen darauf abstellte.

Er wandte sich langsam um, starrte eine Weile auf
das Bild, das Mike ihm entgegenhielt und stieß dann
ein leises Schnauben aus. „Felix Bauer, ja."

Etwas in seinem Tonfall ließ sowohl Mike als auch

Kate aufhorchen. Sie wechselten einen kurzen Blick.
„Sie waren mit der Beziehung wohl nicht so recht
einverstanden?", hakte Kate nach, noch ehe Mike etwas sagen konnte.

Bertram Sommer ließ sich auf die bunte Couch fallen
und schüttelte langsam den Kopf. Er wirkte jetzt wie
eine jener Puppen, bei denen man die Schnüre durch-
geschnitten hatte.

Als er Kate sein Gesicht zuwandte, hatte diese den
Eindruck, als sei er innerhalb der letzten Stunde um
zwanzig Jahre gealtert. Er atmete mehrmals tief ein
und aus, als wolle er mit Gewalt verhindern, dass
Emotionen ihn überrollten.

„Wissen sie, Frau Schulz, es war Romys Leben und
ich habe mir immer vorgenommen, ihr nicht in die
Wahl eines Partners reinzureden. Sie hat nach dem
Tod ihrer Mutter mir auch nicht verübelt, dass ich
zwei Jahre später mit Katja zusammengezogen bin.
Sie haben sich gut verstanden, was sicher an Romys
Art lag, sie war…"

Er brach kurz ab und strich sich über die Augen.

Kate ließ ihm Zeit, sich wieder zu fangen.

Schließlich sah er sie an. „Sie war einfach ein verträg-
licher Mensch, geerdet, sagt Katja immer. Das machte
es leicht, gut mit ihr auszukommen."

Kate nickte bestätigend. Auch sie hatte Romy so kennengelernt.

Aus dem Augenwinkel sah sie Mikes leichte Unge-
duld, aber sie wollte Bertram Sommer nicht drängen.
Aus ihrer Erfahrung brachte dies überhaupt nichts

und führte sogar dazu, dass der Befragte eher dicht machte oder sich an weniger Details erinnerte, als wenn man ihm Zeit gab.

Nach einer Weile schluckte Bertram Sommer und sah jetzt Mike an, der immer noch mit dem Bild in der Hand neben dem Sideboard stand, wo es gemeinsam mit anderen Fotos gestanden hatte.

„Felix war kein guter Umgang für Romy. Er ist ein Schaumschläger und Gernegroß. Er hat in seinem ganzen Leben nichts Richtiges auf die Reihe bekommen, keinen ordentlichen Schulabschluss, von einem Berufsabschluss ganz zu schweigen. Verdient sich sein Geld als Türsteher und mit anderen undurchsichtigen Geschäften bei diesem Bordellbesitzer Serwowitsch. Ich habe ihm einen Job bei mir als Fahrer angeboten. Wissen sie was? Ausgelacht hat er mich. Für diese paar Kröten würde er sich doch wohl kaum acht Stunden und länger täglich abrackern."

Er schüttelte in Gedanken an dieses Gespräch den Kopf.

„Was hat Romy dazu gesagt?" hakte Kate wieder nach.

Bertram Sommer blies langsam die Luft aus. „Sie hat nur gelächelt und gesagt, ich soll es ihm nicht übelnehmen. Er habe eine eigene Lebensphilosophie."

Das letzte Wort spuckte er fast aus. Dann fuhr er sich durch die Haare.

„Vorher hatte sie einen Freund, der das ganze Gegenprogramm war. Fleißig, nett, höflich. Nicht das sie denken, er war ein Weichei, überhaupt nicht. Er konnte anpacken und hatte seine eigene Meinung zu vielen Dingen, die er auch vehement vertrat. Aber er war einfach der Typ, den man sich als Schwiegersohn wünscht."

Er lächelte etwas wehmütig, winkte dann aber ab. „Aber schließlich war es Romys Leben und sie musste es entscheiden."

„Und wer war dieser Freund?", fragte Mike nach, der das Foto wieder auf das Sideboard zurückstellte, nachdem er es mit seinem Smartphone abfotografiert hatte.

„Florian Seidel, er und Romy sind praktisch zusammen aufgewachsen. Eine Kinderfreundschaft, aus der dann später mehr wurde. Sie waren einige Jahre zusammen, aber dann hat Romy Schluss gemacht. Florian war traurig darüber, aber er hat es akzeptiert. Was blieb ihm halt auch übrig?"

Er erhob sich schwerfällig, ohne Mike aus den Augen zu lassen. „Aber es war doch ein Raubmord, oder?"

Mike sah ihn an. „Wahrscheinlich ein aus dem Ruder gelaufener Überfall", versuchte er das Wort Raubmord etwas zu neutralisieren.

Bertram Sommer schüttelte den Kopf.

„Das ist doch jetzt ganz gleich, wie sie das nennen, Herr Hauptkommissar. So ein Schwein hat meine Tochter umgebracht, wegen ein paar Euro, denn viel Bargeld hat sie nie bei sich gehabt. Bestimmt so ein Junkie oder…"

„Wir werden die genauen Umstände ermitteln, Herr Sommer," fiel Mike ihm ins Wort, ehe dieser noch weitere Beschuldigungen aussprechen konnte.

„Da der Täter auch die Wohnungsschlüssel ihrer Tochter gestohlen hat, haben wir bereits einen Schlosser angefordert, der heute Nacht noch ein neues Schloss einbauen wird. Selbstverständlich erhalten sie einen Schlüssel."

Bertram Sommer nickte.

Kate nahm den Katzenkorb mit Mascha auf, die seit einer Weile mehr oder weniger protestierend maunzte. Unter den anderen Arm klemmte sie sich das weiche, hellblaue Katzenbett, während Mike den Beutel mit dem Katzenfutter nahm und Bertram Sommer deutete, sie zu begleiten.

„Ein Kollege wird sie nach Hause fahren", sagte er im Hausflur, in dem ihnen bereits der angeforderte Schlosser mit einem lächelnden „Guten Abend oder sollte ich Guten Morgen sagen" entgegenkam, was Herr Sommer mit einem erstaunten Blick zur Kenntnis nahm.

„Wo haben sie denn den her um diese Zeit?", fragte er, als die Haustür hinter ihnen ins Schloss fiel.

Mike zuckte leicht die Schultern.

„Auch die Polizei hat so ihre Beziehungen", sagte er, froh, dass Bertram Sommer zumindest kurzfristig etwas abgelenkt war.

Ein junger Streifenpolizist kam auf seinen Wink herbei. „Fahren sie bitte Herrn Sommer nach Hause."

Dieser nickte und deutete auf ein, in der Nebenstraße geparktes, Polizeifahrzeug.

Kate gab Bertram Sommer die Hand, nachdem sie

den Katzenkorb kurz abgesetzt hatte.

„Herr Sommer, ich würde ihnen gern noch Romys Sachen bringen, wann…"

Er drückte ihre Hand sanfter, als sie erwartet hatte und schüttelte leicht den Kopf.

„Dürfte ich, ich meine, könnte ich zu ihnen ins Büro kommen?"

Kate nickte. „Aber natürlich. Rufen sie vorher an, dass ich auch selbst da bin."

Sie gab ihm ihre Visitenkarte, die sie aus ihrer Jackentasche gezogen hatte. Ohne sie anzuschauen, steckte er sie ein, nickte Mike zu und folgte dem Polizisten. Während Kate den Katzenkorb aufnahm, schaute Mike ihm nach.

„Spätestens morgen wird die Sache mit dem neuen Würger von Plauen und seinem ersten Opfer seine Runde machen. Ich darf gar nicht dran denken", sagte er schließlich und deutete Kate, mit ihm zu ihrem Auto zu gehen, das sie etwas abseits auf der Klopstockstraße geparkt hatte.

Nachdem sie die Box mit Mascha auf dem Rücksitz und das Katzenbett sowie den Beutel im Kofferraum verstaut hatten, setzte sie sich auf den Fahrersitz, ließ aber die Tür offen.

Mike beugte sich hinein und küsste sie kurz auf den Mund.

„Ich werde heute nicht heimkommen, wenn ich ein paar Stunden Schlaf bekommen sollte, was ich stark bezweifle, lege ich mich bei mir aufs Ohr."

Kate nickte und strich ihm kurz über die Wange.

Sie wusste genau, was jetzt alles auf ihn zukam. Gründung einer Sonderkommission, der Kampf mit den Medien, was er, berechtigterweise, als belastend empfand, wurde doch dadurch mit Sicherheit eine Massenhysterie geschürt, die mit einer vernünftigen Warnung, wachsam zu sein, sogar nichts gemein hatte.

Auf der einen Seite konnten die Medien helfen, Zeugen zu finden, die man auf anderem Wege nicht erreichen konnte, auf der anderen Seite war es eine Plattform für Fake-News und wilde Spekulationen, einschließlich Hetze gegen besondere Bevölkerungsgruppen oder die scheinbare Unfähigkeit der Polizei.

„Mach dir keine Gedanken, ich habe ja jetzt Mascha als Gesellschaft", sagte Kate lächelnd und schloss die Autotür.

Kapitel 7

Es war bereits später Nachmittag, als Mike endlich durch die Tür kam. Er sah übernächtig aus, sein dichtes Haar war völlig zerwühlt, was immer darauf hindeutete das er unter enormen Stress stand.

Kate erhob sich wortlos, strich ihm im Vorübergehen kurz über den Arm und holte aus der Küche eine Thermoskanne Kaffee und einen Teller mit Sandwiches. Dann setzte sie sich zu ihm.

Er nahm eines der Brote und biss eher lustlos hinein. Dann sah er Kate an, die ihm Kaffee eingegossen und die Tasse ins eine Richtung geschoben hatte.

„Und?", fragte diese.

Er legte das angebissene Brot auf den Teller zurück und nahm einen Schluck Kaffee.

„Auf den ersten Blick sieht es wirklich so aus, als sei es der sogenannte Würger gewesen. Wir haben sofort unsere Ermittlungsgruppe aufgestockt. Ich will nur ein paar Stunden schlafen, dann bin ich wieder mit an Bord."

Kate, die sich auch eine Tasse Kaffee genommen hatte, sah ihn über den Rand dieser an. „Du sagtest, auf den ersten Blick. Und auf den zweiten?"

Er schwenkte langsam den Kopf hin und her.

„Es war Marianne, die mich darauf gebracht hat. Zwar lächeln einige unserer Computernerds, wenn sie mit ihren analogen Methoden wie Zettel und Schauwand anfängt, aber sie sieht oft Zusammenhänge, die kein anderer sieht."

Er wedelte kurz mit der Hand in der Luft, um zu zeigen, dass er vom Thema abwich.

„Jedenfalls hat sie auf den ersten Blick gesehen, dass unser Täter von seinem Nachahmungsplan abgewichen ist. Die vorherigen Opfer, auch wenn wir Nummer eins mit dazuzählen, die ja noch nicht befragt wurde, sind alle an den ehemaligen Tatorten des Würgers überfallen worden. Nämlich Opfer Nummer 1 an der Trögertreppe, Opfer Nummer 2 am Alberthain und Opfer Nummer 3 Nähe der Streichhölzerbrücke. Nur Romy Sommer wurde an einem Platz überfallen, an dem der Würger nie zugeschlagen hatte."

Langsam setzte Kate ihre Tasse ab. „Und du glaubst, es ist ein Trittbrettfahrer? Was sagt denn Omar?"

Mike atmete tief ein. „Die Verletzungsmuster sind, soweit er es einschätzen kann, identisch. Beide Frauen hatten von dicken Gummihandschuhen gesprochen, Omar hat Spuren von solchen auch bei Romy gefunden. Da bisher nichts an die Medien gegangen ist, könnte es ein eventueller Zweittäter nicht gewusst haben."

„Wann geht ihr an die Öffentlichkeit?"

Mike fuhr sich wieder durch die Haare, die jetzt nach allen Seiten wild abstanden. Fast hätte Kate gelächelt. Der sonst so korrekt gekleidete und frisierte Hauptkommissar Köhler sah reichlich derangiert aus.

„Wir müssen wohl morgen, spätestens am Vormittag eine Pressekonferenz geben. Die rennen uns schon jetzt die Bude ein. Aber ich wollte eine

Massenhysterie unbedingt vermeiden. *Der neue Würger von Plauen* will ich nicht unbedingt auf jeder Titelseite lesen müssen."

Er begleitete die letzten Worte mit Ausrufezeichen in der Luft, stöhnte dann leise auf und schob den Teller mit dem angebissenen Brot leicht von sich.

Kate lehnte sich in ihrem Sessel zurück und zog die Beine an. „Du denkst, Romys Freund, dieser Felix Bauer, hat etwas damit zu tun?"

Mike hob erstaunt den Kopf und starrte Kate eine Weile stumm an. Dann lächelte er müde.

„Durchschaut, Frau Ex-FBI-Agentin", versuchte er sich in einem Scherz, was Kate nur mit einer hochgezogenen Augenbraue kommentierte.

Schließlich nickte er. „Dieser Bauer hat schon einigen Dreck am Stecken, Drogenbesitz, Dealerei, Körperverletzung und zwei Anzeigen wegen häuslicher Gewalt von einer seiner Freundinnen, bei denen er wohl immer kurzzeitig gewohnt hat. Allerdings wurden beide Anzeigen innerhalb 24 Stunden zurückgezogen. Scheint ein ganz schönes Aggressionspotential zu haben."

Kate stellte langsam ihre Kaffeetasse auf den Tisch. „Aber etwas handfestes habt ihr nicht gegen ihn in der Hand, oder?"

Mike schüttelte den Kopf. „Wir haben versucht ihn zu erreichen, negativ. Scheinbar ist er untergetaucht und für eine Fahndung haben wir so gut wie nichts in der Hand, da lacht uns jeder Staatsanwalt aus."

Kate erhob sich. „Weißt du was? Wenn ihr morgen

Vormittag an die Öffentlichkeit geht, ist er auf alle
Fälle aufgeschreckt und dann würde er erst recht ab-
tauchen, sollte etwas an deinem Verdacht dran sein.
Wir haben also noch ein paar Stunden Zeit."
Mike sah sie stirnrunzelnd an.
„Wir?", fragte er gedehnt und sie lächelte.
„Naja, ich. Du legst dich erst einmal ein paar Stunden
aufs Ohr und ich werde mich inzwischen etwas um-
hören."
Mike erhob sich ebenfalls. „Kate, ich…"
Sie legte ihm die Hand auf die Lippen. „Lass mich
machen. Ich bin vielleicht deine einzige Chance an
Felix Bauer ohne Schwierigkeiten heranzukommen.
Und im Übrigen, ich weiß, wie man die richtigen Fra-
gen stellt."
Mike seufzte. Kate hatte recht, wieder einmal und es
fiel ihm schwer, das einzugestehen. Auf der anderen
Seite war es riskant, sollte sich Bauer doch als Tatver-
dächtiger herausstellen, dass Kate in die Sache invol-
viert war. Das könnte juristische Folgen haben.
Aber daran wollte er jetzt erst einmal nicht denken.
Er hatte vor lauter Müdigkeit überhaupt Probleme,
logisch zu denken. Schließlich gab er auf.
Er küsste Kate sanft auf die Wange.
„Sei vorsichtig", murmelte er und ging hinauf in das
Schlafzimmer.
Kate sah ihm nach und als sie oben die Tür ins
Schloss fallen hörte, angelte sie ihr iPhone vom Tisch
und wählte eine Nummer, die sie inzwischen aus-
wendig kannte.

Kapitel 8

Als Kate an die bekannte Tür des stadtbekannten Bordells trat, öffnete sich nicht, wie gewöhnlich, das kleine Fenster, sondern die Tür wurde sofort weit aufgerissen. „Guten Abend, Frau Schulz."

Kate sah in das unbekannte Gesicht ihres Gegenüber und lächelte etwas. „Kennen wir uns?"

Der junge Mann, der mit seinem legeren Äußeren in ein Fitnessstudio gepasst hätte, aber sonst nichts von den üblichen Türstehertypen hatte, schüttelte den Kopf. „Nein, aber der Boss hat gesagt, dass sie heute Abend noch vorbeikommen würden und er hat mir ihr Bild gezeigt. Er möchte, dass sie sofort zu ihm gebracht werden."

Kate nickte nur kurz und folgte dem jungen Mann. Bogdan Serwowitsch, der Bordellkönig von Plauen, war ihr gegenüber immer sehr zuvorkommend und ausgesucht höflich.

Scheinbar sollte diese neuerliche Bevorzugung ihrer Person seine Wertschätzung unterstreichen. Das vermutete sie zumindest, als sie den bekannten Weg in Serwowitschs Büro einschlug.

Der junge Mann klopfte an die Tür, raunte etwas und trat dann zurück, um Kate den Weg freizugeben.

Bogdan Serwowitsch erhob sich bei ihrem Eintritt und schloss dabei den untersten Knopf seines Jacketts. Wieder einmal dachte Kate, dass er besser in die Vorstandsetage eines börsennotierten Unternehmens gepasst hätte als in diese Kreise.

Er hatte so gar nichts mit den bulligen Typen mit Goldketten und protziger Rolex zu tun, die Kate aus Atlanta kannte.

Wie immer verbeugte er sich leicht, ohne ihr die Hand zu reichen und bat sie mit einer Geste, Platz zu nehmen. Dann setzte auch er sich.

Er deutete auf den Tisch, auf dem mehrere Erfrischungen sowie eine Kanne Kaffee bereitstand.

Kate schüttelte lächelnd den Kopf.

Bogdan Serwowitsch lehnte sich zurück und legte die Fingerkuppen aneinander. „Wie kann ich ihnen helfen, Frau Schulz? Sie hatten am Telefon angedeutet, es ginge um einen meiner Mitarbeiter? Ich hoffe, ihnen hat niemand Ärger bereitet?"

Kate musste an sich halten, um nicht zu schmunzeln. Es war Bogdan Serwowitsch selbst gewesen, der ihr im ersten Jahr ihrer Tätigkeit hier in Plauen zwei seiner Gorillas auf den Hals gehetzt hatte, in der Absicht, ihr seine Vormachtstellung in Sachen Personenschutz klar zu machen. Für die beiden Anabolikatypen war die Begegnung nicht so gut ausgegangen, denn sie hatten wohl die Tatsache unterschätzt, dass die scheinbar problemlos zu beherrschende Frau eine ehemalige FBI Agentin und Trägerin des schwarzen Karategürtels war. Ziemlich lädiert waren sie wieder unverrichteter Dinge abgezogen.

Nach ihrer ersten Begegnung mit Bogdan Serwowitsch, der sich für das Auftreten seiner beiden Mitarbeiter entschuldigt hatte, mochten sie sich zwar nicht, aber sie respektierten sich.

Dieser gegenseitige Respekt gipfelte darin, dass sich Bogdan Serwowitsch aktiv an Kates Suche bei deren Entführung beteiligt hatte und sogar ihr und der Polizei im Fall eines perversen Internettäters als Lockvogel gedient hatte.

„Es geht um Felix Bauer", sagte sie und sah, wie ihr Gegenüber leicht die Stirn in Falten zog.

„Felix? Hat er Probleme gemacht?"

Kate beugte sich leicht nach vorn.

„Tut er das denn häufiger?", fragte sie.

Serwowitsch lächelte „Touché, Frau Schulz."

Dann schüttelte er leicht den Kopf. „Ich will ehrlich sein. Es gab dann und wann ein paar Beschwerden über ihn, aber in letzter Zeit, nein, nicht das ich wüsste. Er hat ja seit einiger Zeit eine feste Freundin, ein nettes Mädchen, das so gar nicht in sein bisheriges Beuteschema passt."

Er fing Kates Blick auf und hüstelte etwas.

„Wenn sie die Ausdrucksweise bitte entschuldigen."

Sie winkte ab. „Was war denn bisher sein Beuteschema?" Sie betonte das letzte Wort.

Serwowitsch zuckte die Schultern.

„Wenn sie abermals meine Ausdrucksweise entschuldigen wollen? Aufgetakelte Tussis ohne nennenswerten IQ. Das Mädchen, mit dem er jetzt zusammen ist, ich habe die beiden zwei, drei Mal zusammengetroffen, macht einen sehr bodenständigen Eindruck. Auf natürliche Weise hübsch und klug. Und sie hat scheinbar einen guten Einfluss auf Felix."

Er schwieg und sah Kate an. Scheinbar erwartete er,

dass sie ihm etwas sagte, nämlich, warum sie nun eigentlich hier war.

„Wissen sie, dass Romy Sommer, also Felix Freundin, tot ist?"

Serwowitsch starrte sie an. „Was? Nein, das hätte ich ihnen doch sofort gesagt. Was ist denn passiert? Ein Unfall?" Dann fuhr er sich über die Stirn.

„Sie ist das Mädchen vom Preiselpöhl, das Opfer des sogenannten Würgers, nicht wahr?"

Es machte keinen Sinn es zu leugnen. Sie wusste von Mike, dass die Polizei nur unter allen erdenklichen Mühen bisher zumindest Romys Name geheim hatte halten können, aber das würde bekanntlich nicht mehr lange funktionieren. Spätestens morgen Vormittag nach der Pressekonferenz würde auch der Letzte in Plauen wissen, wer das Opfer war.

Also nickte sie in Serwowitschs Richtung. Dieser wirkte echt betroffen. Nachdem er mehrmals ein- und ausgeatmet hatte, lehnte er sich leicht zurück.

„Steht Felix unter Verdacht?"

Kate zog die Schultern nach oben. „Bisher geht niemand von einer Beziehungstat aus, weil sie das vierte Opfer ist von einem Täter, der das Muster des ehemaligen Würgers von Plauen nachahmt. Drei junge Frauen wurden teilweise bis zur Bewusstlosigkeit gewürgt, bei Romy schließlich bis zum Tod."

Das Mike jedoch Felix Bauer zumindest in Verdacht hatte, verschwieg sie.

Serwowitsch kniff die Lider leicht aufeinander, ehe er Kate intensiv musterte.

„Sie sind doch nicht hier, um mir die Geschichte dieses selbst ernannten Würgers zu erzählen?", stellte er mit leicht sarkastischem Unterton fest.

Sie schüttelte den Kopf. „Nein. Ich bin hier, um sie um Hilfe zu bitten."

Ihr Gegenüber lächelte. „Wieder einmal? Aber gern."

Es dauerte keine Stunde, bis Felix Bauer durch die Tür des Büros seines Chefs trat. Kate hatte ihn nur auf dem Bild in Romys Wohnung gesehen, aber er wirkte genauso. Groß, kräftig, eine Menge an Tattoos auf dem gesamten Körper verteilt.

Man sah deutlich, dass er nicht geschlafen und sicher auch geweint hatte, denn sein Gesicht war fleckig.

Er sah von Serwowitsch zu Kate, holte tief Luft und sagte mit heiserer Stimme: „Ja, Chef? Ich dachte, ich habe frei, ich…"

Dieser erhob sich und trat auf ihn zu.

„Warum hast du mir nichts gesagt?"

Der junge Mann senkte den Kopf und schwieg.

Serwowitsch nahm ihn am Arm und willenlos ließ sich der deutlich größere Mann zu einem Stuhl führen und nahm darauf Platz.

„Felix?", fragte er nach einer Weile wieder.

Der junge Mann holte tief Luft. „Romy, ich meine, meine Freundin, sie ist tot." Danach schwieg er.

Bogdan Serwowitsch hatte wieder Platz genommen, beugte sich jetzt aber etwas nach vorn, in Felix Richtung. „Das ist Frau Schulz, von Schulz Security. Romy hat für sie gearbeitet."

Der junge Mann sah kurz zu Kate, die ihm zunickte.

„Ja", sagte er leise. „Das weiß ich. Romy hat der Job Spaß gemacht. An jenem Abend, da..."
Er brach ab und schüttelte einfach nur den Kopf.
Kate warf Serwowitsch einen kurzen Blick zu, dann stand sie auf und trat neben Felix Bauer.
„Felix, ich darf sie doch so nennen?"
Sie stockte einen Augenblick, bis er nickte, ohne aufzuschauen. „Also, Felix, erst einmal habe ich Romy immer wieder gesagt, sie soll abends nicht so lange arbeiten. Aber es hätte wahrscheinlich auch jede andere junge Frau treffen können."
Der junge Mann nickte nur.
„Gut. Hat Romy ihnen irgendwann einmal gesagt, dass sie sich bedroht fühlt?"
Langsam hob Felix Bauer den Blick und sah Kate an.
„Sie denken, sie hat ihren Mörder gekannt?"
Er flüsterte es.
Kate schüttelte langsam den Kopf.
„Der Täter hat vielleicht die jungen Frauen, die er dann würgte, vorher beobachtet. Das wäre nicht auszuschließen."
Felix Bauer schluckte mehrfach und nahm schließlich das Glas mit Mineralwasser an, das Bogdan Serwowitsch ihm schweigend reichte. Dann hob er den Kopf und musterte Kate mit einem intensiven Blick.
„Romy hat mal erwähnt, dass ihr Lebensgefährte ein Bulle ist. Kripo, nicht wahr?"
Sein Ton, der bisher zurückhaltend war, schlug ins aggressive um.
Als Kate nichts erwiderte, schwenkte der Blick des

61

jungen Mannes zu seinem Chef, als könne er nicht glauben, dass dieser einer Frau behilflich war, deren Partner ein Polizist ist. Bogdan Serwowitsch erwiderte den Blick ungerührt.

Dann sagte er: „Felix, Frau Schulz hat mein volles Vertrauen, verstehst du?" Es war nicht zu überhören, dass er keinen Widerspruch duldete. Aber Felix Bauer atmete erst tief ein, dann stand er auf.

„Wenn sie mich nicht brauchen, Chef, gehe ich."

Noch ehe er die Tür erreichte, sagte Serwowitsch leise: „Setz dich wieder."

Kate sah zu ihm hin und bemerkte, dass seine Augen sich langsam zu Schlitzen verengten. Bogdan Serwowitsch schien es nicht zu schätzen, wenn seine klaren Anweisungen missachtet wurden.

„Felix, bitte. Ich möchte ihnen nur ein paar Fragen stellen. Als Romys ehemalige Chefin bin ich sehr daran interessiert, dass der Schuldige gefunden wird. Sie doch auch, oder?"

Kate hielt es für geraten, jetzt einzugreifen, bevor vor ihren Augen die Situation zu eskalieren drohte.

Der junge Mann fuhr zu ihr herum. „Ihr habt euch doch schon euren Schuldigen gesucht," schrie er sie an.

Kate streckte ihre Hand in Richtung Serwowitsch aus, der in seinem Stuhl aufgefahren war. Dann sah sie Felix Bauer an.

„Nein. Und jetzt setzen sie sich bitte, Felix."

Nachdem sich die Gemüter, zumindest etwas, abgekühlt hatten, gab Felix Bauer, zwar unwillig, zu, wo er am Abend von Romys Tod gewesen war.

„Ich war zu Hause und zwar allein. Habe Netflix geguckt, eine Pizza gegessen."

Kate hüstelte etwas.

„Gibt es einen Pizzaservice, der sie beliefert hat?"

Der junge Mann sah sie schulterzuckend an.

„Pizza Blitz, aber die stellen die Pizza immer unten auf den kleinen Tisch. Ich zahle einmal die Woche im Laden bei Pedro. Die bekommen ihr Geld, das wissen sie."

„Und im Haus, hat sie niemand gesehen?"

Felix schüttelte den Kopf. „Neben mir die Wohnung steht leer, unter mir wohnt eine steinalte Frau, die ist fast völlig taub. Hat seine Vorteile, die stört es nicht, wenn ich Musik höre und ihr Fernseher stört mich auch nicht. Unten wohnt ein junger Kerl, der ist fast nur bei seiner Freundin. Also, keine Zeugen."

Als Kate nichts sagte, rückte er auf seinem Stuhl nervös hin und her.

„Das ist doch genau das, aus was mir ihr Bullenfreund einen Strick drehen will, stimmts?"

Das Krachen einer Faust auf dem massiven Tisch ließen ihn, aber auch Kate, zusammenschrecken.

„Jetzt reiß dich zusammen, Felix. Ich dulde nicht, dass du so mit Frau Schulz sprichst, hast du mich verstanden?"

Kate hatte noch nie erlebt, dass Bogdan Serwowitsch seine Stimme erhoben hatte. Felix scheinbar auch nicht, denn er wurde merklich blass.

„Entschuldigung", murmelte er, was Kate mit einer

generösen Geste abtat. Dann beugte sie sich etwas zu dem jungen Mann hin.

„Felix, ich will ihnen nichts andrehen. Ich bin hier, weil ich das vielleicht gerade verhindern will, verstehen sie? Und jetzt erinnern sie sich, was haben sie an diesem Abend gemacht?"

Er verbarg sein Gesicht in den Händen.

„Ich habe doch selbst wieder und wieder darüber nachgedacht. Wäre ich doch in die Stadt gefahren und hätte Romy abgeholt, aber das wollte sie nicht."

„Hattet ihr Streit?"

Er sah Kate an und schüttelte langsam den Kopf.

„Nein, aber Romy brauchte immer mal Zeit für sich. Ich habe das akzeptiert." Er lächelte verlegen.

„Akzeptieren müssen. Vorher, also, bevor ich Romy kannte, war ich es, der immer Abstand wollte. Ich konnte es nicht ab, wenn eine meiner…ähm, Freundinnen so klebte. Und jetzt gab es plötzlich jemand der mir sagte, sie brauche etwas Freiraum."

„Haben sie gedacht, es gibt vielleicht noch einen anderen Mann?"

Kate sah, dass Felix Bauer erst entrüstet auffahren wollte, aber dann überlegte er es sich wohl anders. Er atmete tief ein und dann wieder aus.

„Am Anfang habe ich das wirklich gedacht, aber ich habe es schnell eingesehen, dass das kompletter Quatsch ist. Romy war dazu einfach zu ehrlich."

Kate sah, wie er mit seinen Gefühlen kämpfte.

„Sie war das Beste, was mir je passiert ist", sagte er leise.

Kapitel 9

„Ich denke, er hat die Wahrheit gesagt", meinte Kate
und sah abwechselnd Mike und Marianne Jäger an.
Sie war gleich nach dem Gespräch mit Felix Bauer
und Bogdan Serwowitsch ins Polizeipräsidium in der
Freiheitsstrasse geeilt, da sie wusste, dass sowohl
Mike als auch Teile seines Teams noch arbeiteten.
Die diensthabende Beamtin, die Kate bereits kannte,
hatte sie ohne Frage hinaufbegleitet.
Jetzt saß sie in Mikes Büro, wo dieser sich mit Kommissarin Marianne Jäger gerade beriet. Mike sah sie
zweifelnd an. „Warum ist er dann nicht mitgekom-
men? Wir hätten ihn gleich befragen können und damit vielleicht einen potenziellen Kandidaten weniger
auf der Liste gehabt."
Kate schnaubte. „Du kannst dir sicher denken, was er
von der Polizei hält. Ohne Serwowitschs Unterstüt-
zung hätte er mit mir kein Wort mehr gewechselt,
nachdem ihm eingefallen war, wer mein Lebensgefährte ist."
Mike winkte ab. Kate sah zu Marianne Jäger, die bisher geschwiegen hatte. Diese zuckte die Schultern.
„Fakt ist, dass der sogenannte Würger in drei Fällen
an den bekannten Orten, die auch vor über 35 Jahren
eine Rolle spielten, die Frauen überfallen hat. Nur im
Fall Romy Sommer ist er abgewichen, warum?"
Kate dachte nach.
Ganz von der Hand zu weisen war das nicht, aber
machte es automatisch Felix Bauer zum Täter? Seine

kriminelle Vergangenheit prädestinierte ihn scheinbar dafür, aber Kate hatte seine tiefe Betroffenheit ge-
spürt, als er sagte, dass Romy das Beste war, was ihm
je widerfahren war. Konnte er ein so guter Schauspie-
ler sein?

„Was ist mit dem Ex -Freund von Romy, diesem Florian Seidel?"

Mike lächelte.

„Er kommt morgen Vormittag zu uns ins Präsidium.
Damit scheint er deutlich kooperativer zu sein als
dieser Felix Bauer."

„Kein Wunder, dass Bertram Sommer ihn als potenziellen Schwiegersohn lieber gesehen hätte", dachte Mike, als ihm Florian Seidel gegenübersaß.

Er selbst war vor einer Stunde von der Pressekonferenz zurückgekehrt und nun wusste ganz Plauen, ach was, ganz Sachsen und darüber hinaus, dass es wieder einen *Würger von Plauen* gab und dieser auch für den Tod von Romy Sommer verantwortlich war.

Marianne Jäger hatte sich inzwischen um Florian gekümmert, ohne jedoch bereits mit der Befragung zu beginnen. Sie wusste, dass Mike sie gemeinsam mit ihr führen wollte.

Als dieser den Raum betrat, erhob sich Florian Seidel und reichte ihm die Hand. Sein Händedruck war fest, die Hände kühl und trocken. Mike stellte sich vor und bat ihn, wieder Platz zu nehmen.

Er sah, dass Florian ein Glas stilles Mineralwasser vor sich stehen hatte.

„Möchten sie vielleicht etwas anderes? Kaffee?"

Der junge Mann lehnte höflich, aber bestimmt ab.

Dann sah er Mike in die Augen. „Ich kann es immer noch nicht fassen. Ich meine, dass Romy tot ist."

Er schüttelte langsam den Kopf. Mike musterte ihn eine Weile nachdenklich. „Wie lange waren sie mit Frau Sommer zusammen, als Paar? "

Sein Gegenüber lehnte sich etwas zurück.

„Wir kannten uns ja fast schon unser ganzes Leben, unsere Eltern haben damals nebeneinander gebaut, Bertram etwas größer, weil die Spedition mit auf dem Gelände war und wir genau gegenüber. Romy und ich sind in den gleichen Kindergarten und in die gleiche Schule gegangen. Ich bin dann zum Studium weg, aber es hat mich wieder nach Plauen gezogen und ich bin in die Firma meines Vaters eingestiegen."

Mike überlegte einen Augenblick.

„Seidel IT?", fragte er und Florian nickte.

„Ich habe an der TU in Kaiserslautern studiert. Aber wie gesagt, ich wollte wieder in die Heimat und dann habe ich Romy wiedergetroffen. Es hat sofort gefunkt und wir waren knapp zwei Jahre zusammen."

Marianne schenkte ihm etwas Mineralwasser nach.

„Haben sie zusammengewohnt?", fragte sie, nachdem sie sich wieder gesetzt hatte.

Florian sah sie an. „Offiziell noch nicht. Also, ich hatte mich noch nicht umgemeldet, aber wir wohnten die meiste Zeit bei ihr im Preiselpöhl."

„Und warum haben sie sich getrennt?", fragte jetzt Mike.

Florian Seidel drehte das Glas eine Weile in seiner Hand hin und her, dann seufzte er leise.

„Romy hat die Beziehung beendet. Ich glaube, sie war sich nicht ganz sicher was uns beide betrifft. Vielleicht kannten wir uns einfach zu lange und zu gut, vielleicht war dieses Prickeln einfach weg, ich weiß es nicht." Er senkte den Kopf.

„Haben sie gestritten?", fragte jetzt wieder Marianne in ihrer mütterlichen Art, von der sich viele täuschen ließen. Wenn es sein musste, konnte sie eine knallharte Ermittlerin sein.

Florian sah auf und lächelte etwas. Es wirkte traurig.

„Mit Romy streiten? Das war unmöglich."

Etwas ähnliches hatte auch ihr Vater gesagt.

„Sie haben es also akzeptiert?"

Mikes Tonfall klang etwas ungläubig. Der junge Mann nickte langsam. „Wissen sie, Herr Hauptkommissar, es traf mich wirklich wie eine Keule. Erst wollte ich es nicht wahrhaben und dachte, sie überlegt es sich bestimmt noch einmal. Dann habe ich mich zum ersten und hoffentlich zum letzten Mal in meinem Leben sinnlos besoffen und Bertram Sommer hat dieses heulende Bündel ausgenüchtert und er war es auch, der mir klar gemacht hat, dass Romy, wenn sie einmal eine Entscheidung getroffen hat, diese auch nicht mehr rückgängig macht. Er hat es übrigens auch sehr bedauert, aber naja."

Nach dieser Beichte nahm er wieder einen tiefen Schluck von dem Mineralwasser.

„Kannten sie Romys neuen Freund?"

Florian Seidel sah Mike an.

„Ich habe ihn ein- zweimal gesehen", sagte er knapp.

Mike registrierte das und warf Marianne einen kurzen Blick zu.

„Sagen sie, Herr Seidel, fühlte sich Romy irgendwann einmal bedroht oder verfolgt?"

Der junge Mann sah kurz in ihre Richtung.

„Als wir noch zusammen waren? Nein."

„Und danach?", warf Mike blitzschnell ein.

Florian Seidels Augen schnellten zu ihm hin und er atmetet tief ein.

„Ähm, nein, woher sollte ich das auch wissen?"

Es war offensichtlich das er log.

„Herr Seidel", sagte Marianne Jäger ruhig.

„Sie behindern die Ermittlungen zu einem Tötungs-delikt, wenn sie uns nicht alles sagen, was irgendwie relevant sein könnte."

Der junge Mann senkte den Kopf. „Ich will nicht wie der eifersüchtige Ex klingen und vielleicht war auch nichts an der Sache dran, aber…"

Er brach ab. Mike und Marianne wechselten wieder einen Blick. Aber noch ehe letztere fortfahren konnte, hob Florian Seidel den Kopf und sah Mike in die Au-gen.

„Also gut. Romy hat sich mit mir getroffen. Vor drei Tagen, im Café Heinz, das ist ja faktisch bei ihr um die Ecke. Ich war erst ganz erstaunt als sie mich an-rief, aber irgendwie habe ich mich auch gefreut."

Er lächelte etwas wehmütig.

Mike verstand. Er hatte wohl gehofft, dass Romy doch noch einen Neuanfang mit ihm starten würde.

„Jedenfalls", fuhr Florian fort. „Romy war ziemlich durcheinander, so kannte ich sie gar nicht. Sie er-zählte mir ein bisschen was über ihren neuen Job in dieser Privatdetektei. Davon war sie sehr angetan. Dann sagte sie, sie hätte sich schon gern ihrer Chefin anvertraut, aber hatte sich wohl wieder anders über-legt. Sie hatte Angst, sie, also ihre neue Chefin, würde sie vielleicht für labil halten. Jedenfalls meinte sie, da wir uns ja so lange kennen würden, würde sie lieber mit mir darüber sprechen."

Er brach ab und nahm wieder einen Schluck

Mineralwasser, dann sah er Mike an.

„Wissen sie, Herr Hauptkommissar, das ist mir jetzt wirklich unangenehm. Immerhin hat sich Romy mir anvertraut und…"

Er brach ab und schüttelte dann stumm den Kopf. Es war wieder Marianne Jäger, die hier einhakte.

„Herr Seidel, glauben sie nicht, dass Romy es gewollt hätte, dass sie uns, angesichts dessen, was passiert ist, alles erzählen?"

Florian Seidels Blick schwenkte zu ihr, er musterte sie eine Weile stumm, dann schien er einen Entschluss zu fassen und setzte sich aufrecht auf den Stuhl.

„Ja, sie haben recht. Das hätte sie gewollt."

Er atmete tief ein. „Romy hat mir erzählt, dass sie mit ihrem neuen Freund, also diesem Felix Schluss gemacht hat. Sie können sich vorstellen, dass ich nicht gerade traurig über diese Mitteilung war. Ich habe sie immer noch sehr, sehr gerne gehabt und da keimte plötzlich in mir die Hoffnung auf, dass es vielleicht wieder etwas mit uns beiden werden könnte."

Er sah Marianne Jäger an, die verständnisvoll nickte. Mike dachte sich seinen Teil. Romy Sommer hatte mit Sicherheit nur einen guten Freund gebraucht, bei dem sie sich aussprechen wollte, eine neue, beziehungsweise alte, Beziehung war ihr da wohl kaum vorgeschwebt. Aber er behielt diese Gedanken für sich, um den Redefluss von Florian Seidel nicht zu unterbrechen. Dieser fuhr, wohl bestärkt von Mariannes Zustimmung, fort.

„Sie erzählte mir, dass Felix wahrscheinlich in ihrer

Abwesenheit in ihre Wohnung ginge, scheinbar hatte er sich einen Abdruck von ihrem Schlüssel gemacht, den sie von ihm zurückgefordert hatte."

Mike lehnte sich leicht nach vorn. Jetzt wurde es interessant. „Woher wusste sie davon?"

Florians Blick schwenkte zu ihm. „Es fehlten ein paar Sachen. Sie sagte mir, zum Beispiel die Muschel sei weg, die wir einmal von einem Mittelmeerurlaub mitgebracht hatten und noch andere Kleinigkeiten, also scheinbar nichts Wertvolles, materiell meine ich."

Mike nickte. „Hat sie sonst noch etwas gesagt?"

Florian Seidel atmete tief ein. „Sie hatte Angst vor ihm. Sie konnte das nicht so richtig festmachen, aber er schien sie zu verfolgen. Sie sah sein Auto öfter an Orten, wo sie sich gerade aufhielt und so."

Er holte tief Luft. Mike musterte ihn eine Weile stumm, dann lehnte er sich wieder bequem zurück und warf Marianne Jäger einen Blick zu.

„Was haben sie ihr geraten, Herr Seidel?", fragte diese.

Er sah sie an. „Ein neues Türschloss einbauen zu lassen und ihre Chefin zu involvieren."

„Was hälst du von der Sache?", fragte Mike Marianne Jäger, als Florian Seidel den Raum verlassen hatte und von einem Beamten zum Ausgang geführt wurde. Diese zuckte nur mit den Schultern.

Mike stützte den Kopf auf die Hand und sah eine Weile sinnend auf die Schreibtischplatte vor sich. Dann setzte er sich wieder aufrecht hin. „Warum hat sie sich ausgerechnet ihrem Ex anvertraut? Wäre ihr Vater nicht der erste Ansprechpartner gewesen? Sie hatten doch scheinbar ein gutes Verhältnis zueinander."

Er sah Marianne Jäger an, die nachdenklich den Kopf hin und her bewegte.

„Aber er war nun wirklich nicht gut auf diesen Felix Bauer zu sprechen. Vielleicht hatte sie Angst, er würde ihn umgehend zu Rede stellen und es würde zu Handgreiflichkeiten kommen."

Mike nickte. Diesem Argument wollte er sich nicht verschließen. Außerdem waren Romy und Florian zusammen aufgewachsen. Vielleicht war es naheliegend, dass sie sich einem guten Freund, den sie wahrscheinlich in ihm sah, anvertraute.

Dann sah er wieder Marianne Jäger an.

„Was hälst du von der Sache mit diesem Felix Bauer?"

Die Kommissarin atmete tief ein.

„Ich denke, wir sollten ihn offiziell vorladen."

Kapitel 10

Kate saß auf ihrer Couch und beobachtete Mascha, die auf der Lauer lag, da sich ein dicker Brummer ins Wohnzimmer verirrt hatte. Scheinbar wartete sie nur auf ihre Chance, dass dieser sich setzen würde.

In diesem Moment klingelte es. Mascha schrak zusammen, sah zu Kate, die sich erhob und trabte in deren Windschatten Richtung Haustür.

„He, du wirst wohl eine Securitykatze?", scherzte Kate und sah zur Überwachungskamera.

„Keine Gefahr", murmelte sie an Mascha gerichtet und öffnete die Tür. Die Katze verspürte wahrscheinlich wenig Lust in die kühle Dunkelheit hinauszugehen und schlüpfte wieder zurück ins Wohnzimmer.

Annalena „Abby" Heimat kam die Treppen heraufgerannt und drückte Kate heftig, bevor sie ihr einen Kuss auf die Wange hauchte.

„Stimmt das mit Romy?", fragte sie besorgt.

„Komm erst einmal herein."

Ehe Kate noch etwas sagen konnte, gab es im Wohnzimmer einen lauten Knall. Abby sah sie an.

„Hast du Besuch?", fragte sie, aber Kate schüttelte den Kopf.

„Nein, eine Untermieterin", sagte sie und eilte, gefolgt von Abby, ins Wohnzimmer.

Dort lag ihre getöpferte Vase, oder vielmehr deren Scherben, auf dem Parkett. Die Tulpen, die Kate erst heute gekauft hatte, lagen verstreut im Wasser und die Katze kaute genüsslich auf den Resten des

Brummers herum, den sie endlich erlegt hatte.

„Mascha?", fragte Abby und die Katze sah sie mit ihren grünen Augen an.

Kate nickte und hob die Tulpen auf.

„Ja, irgendwo musste sie ja hin und außer diesen Kollateralschäden, übrigens die zweite Vase in zwei Tagen, ist sie eine angenehme Mitbewohnerin."

Abby begann die Scherben zusammenzusammeln und Kate wischte das Wasser weg.

Dann deutete sie auf die Couch, wo sich gerade die Katze niedergelassen hatte. Abby setzte sich neben sie und kraulte ihren Kopf, was sich diese schnurrend gefallen ließ. „Also stimmt es?", fragte Abby schließlich und Kate, die sich in einen Sessel gesetzt hatte, nickte.

Abby schüttelte den Kopf. „Erst Marlen Kirschner und jetzt Romy, es ist schrecklich."

Abbys Schulfreundin Marlen war im Advent des vergangen Jahres vom Turm der Johanniskirche gestürzt worden. Kate glaubte ihr, dass sie ein erneutes Verbrechen in ihrem unmittelbaren Freundeskreis mitnahm, zumal sie es gewesen war, die Romy den Job bei ihr versorgt hatte.

„Woher weißt du es?", fragte Kate und Abby zog ihre sorgsam gezupften Augenbrauen nach oben.

„In den sozialen Netzwerken ist es DAS Thema, der Würger von Plauen und jetzt wurde auch Romy S. benannt, die auf dem Heimweg im Wagnerplatz erwürgt wurde. Da konnte ich mir eins und eins zusammenzählen."

Sie streichelte gedankenverloren Mascha.

„Hat die Polizei schon eine Spur?"

Kate schüttelte den Kopf. In diesem Moment hörte sie den Schlüssel und auch Mascha stellte die Ohren auf.

„Du kannst ihn gleich selbst fragen", sagte sie zu Abby und deutete auf Mike, der das Wohnzimmer betrat. Dieser gab Kate einen Kuss und wurde von Abby, die aufgesprungen war, umarmt.

Er mochte die junge Frau, die er in Kates Büro als ihre Mitarbeiterin kennengelernt hatte.

Abby, die sich sehr auffällig, wie ihr großes Vorbild Abby Sciuto aus Navi CIS kleidete, studierte jetzt Psychologie und half Kate nur noch in den Semesterferien im Büro aus. Aber heute wäre es ihm lieber gewesen, sie nicht hier zu sehen. Zweifelsohne würde sie ihn mit Fragen löchern, Fragen, auf die er, selbst wenn er es gewollt hätte, keine Antwort hatte.

„Abby", sagte er und seine Stimme klang resigniert. „Wir tappen wirklich noch im Dunklen."

Diese zog die Stirn in Falten, dann musterte sie Mike eine Weile.

„Du meinst es ehrlich, hm?", fragte sie und er nickte. Seufzend erhob sie sich. „Naja, da will ich nicht länger stören."

Kate, der jetzt erst eingefallen war, dass sie durch das Dilemma mit der Blumenvase völlig vergessen hatte, Abby etwas anzubieten, entschuldigte sich, aber diese winkte ab.

„Ich muss sowieso noch zu meiner Mutter, kleine Familienfeier."

Es klang nicht begeistert und Kate schmunzelte.

„Dann grüß sie herzlich von mir."

Michaela Heimat war mit Kate in die Schule gegangen und jetzt die Chefin eines gut etablierten Pflegedienstes in Plauen.

„Mach ich", seufzte Abby und umarmte erst Kate, dann Mike.

Nachdem Kate sie zur Haustür gebracht und zurück ins Wohnzimmer kam, sah sie Mike an, der neben Mascha auf der Couch Platz genommen hatte.

„Wolltest du nur vor Abby nichts sagen, oder tappt ihr wirklich im Dunklen?", fragte sie.

Er sah zu ihr hoch. „Leider letzteres. Omar schließt mittlerweile aus, dass wir es mit zwei Tätern zu tun haben. Wer immer Romy umgebracht hat, er hat auch die anderen Frauen gewürgt."

Kate setzte sich neben ihn, so dass er etwas zur Seite rutschen musste, was Mascha mit einem leisen Fauchen kommentierte.

„Also war Romy doch ein Zufallsopfer?"

Mike nickte zögerlich.

„Aber?", fragte Kate nach, die sein Zögern bemerkt hatte.

„Warum verhält sich dieser Felix Bauer so seltsam? Er scheint vom Erdboden verschwunden, wir haben jeden Tag zwei Mal eine Streife vorbei geschickt und immer eine Nachricht hinterlassen, nichts."

Kate zuckte die Schultern.

„Wenn er nichts damit zu tun hat, warum sollte er sich melden?"

Als Mike sie erstaunt ansah, lächelte sie.

„So denkt er sicher, ja nicht freiwillig zu den Bullen gehen. Ich könnte Serwowitsch nochmals kontaktieren, der bringt ihn wohl am ehesten dazu, mit euch zu kooperieren."

Mike holte tief Luft. „Ich weiß nicht…"

Kate beugte sich etwas nach vorn und sah ihn an.

„Bist du etwa eifersüchtig auf Bogdan Serwowitsch?"

Als Mike leise auflachte und den Kopf schüttelte, grinste sie breit.

„Das wäre auch das dümmste, was du tun könntest. Also lass mich mal machen."

Sie erhob sich und drückte ihm einen Kuss auf die Wange.

„Ich telefoniere mal mit Serwowitsch, vielleicht kann ich es gleich so regeln."

Kapitel 11

Kate war in ihr kleines Büro gegangen und hatte gerade die Nummer von Bogdan Serwowitsch gewählt, als Mike, sein eigenes Smartphone hochhaltend in ihr Zimmer gestürmt kam.

„Wir haben einen neuen Überfall", sagte er und Kate drückte die Nummer weg.

„Was?", fragte sie entgeistert und starrte ihn an.

„Wie schlimm?" Er atmete tief durch.

„Sie lebt noch. Dieses Mal an der Rosentreppe."

Kate ging mit ihm nach unten ins Wohnzimmer, wo er seine Jacke nahm.

„Willst du schnell noch etwas essen?", fragte sie, kannte aber die Antwort bereits. Er schüttelte den Kopf. „Nein, ich esse dann im Büro etwas. Inzwischen kenne ich jeden Imbiss Plauens der einen Lieferservice hat", versuchte er zu scherzen, aber Kate spürte, wie stark seine Anspannung war.

Sie küsste ihn auf die Wange.

„Ich lasse das erst einmal mit Serwowitsch, okay?"

„Ja, das ist besser."

Er nickte und nahm seine Jacke. Während Kate ihn zur Tür brachte, dachte sie kurz nach.

„Seine Abstände werden immer kürzer", sagte sie.

„Ja und seine Tatorte immer weniger vorausplanbar. Das ist somit der zweite, der nicht mit den eigentlichen Tatorten des ehemaligen Würgers übereinstimmt. Er hat jetzt seine Eigendynamik."

Als Mike am Tatort eintraf, war die junge Frau bereits versorgt und saß noch im Rettungswagen.

„Ich möchte nicht in die Klinik", sagte sie gerade vehement.

Der Notarzt zuckte mit den Schultern und sah Mike an, der gerade an die offene Tür herangetreten war.

„Ist es unbedingt notwendig?", fragte Mike diesen.

„Naja, ich hätte sie schon gern drüben vorgestellt, aber akut vital bedroht ist sie nicht. Alle Werte soweit im Normbereich."

„Na also," sagte die junge Frau forsch und kletterte aus dem Rettungswagen. Der Notarzt schüttelte den Kopf. „Na die hat Nerven", sagte er nur und nickte Mike zu. Dieser lächelte kurz und folgte dann der jungen Frau, die zwar reichlich zerzaust aussah, aber sonst diesen Überfall scheinbar recht gut überstanden hatte.

„Hauptkommissar Köhler", stellte er sich vor und deutete auf ein Einsatzfahrzeug. „Können wir uns unterhalten?"

Sie nickte. „Ja, wenn sie einen Kaffee organisieren könnten? Mein Name ist übrigens Carola Specht, wie der Vogel"

Mike bewunderte ihren Sinn für Humor in dieser Situation. „Das mit dem Kaffee dürfte sich machen lassen."

Sie stiegen in das Einsatzfahrzeug und setzten sich gegenüber. Mike hatte einem der jungen Beamten aufgetragen, zwei Kaffee zu organisieren.

Dann sah er die junge Frau an.

Sie hatte Zweige in den langen, dunkelblonden Haaren und an der rechten Wange Dreck.

Ohne lange zu zögern, begann sie zu erzählen.

„Ich bin den Mühlberg heruntergelaufen, wie immer nach der Spätschicht, also ich bin Verkäuferin. Nur ist ja jetzt der Mühlberg unten gesperrt, also bin ich jetzt immer die Rosengasse hinter und die Rosentreppe runter. Und unten muss er auf mich gewartet haben."

„Haben sie ihn gesehen?", unterbrach Mike sie.

Carola Specht schüttelte den Kopf. „Nein, er stand wohl im Gebüsch. Jedenfalls versuchte er, mich von hinten zu würgen."

Mikes Augenbrauen schossen nach oben. „Er versuchte es?"

Die junge Frau lächelte etwas. „Er hat wohl nicht damit gerechnet, dass ich einige Kurse in Selbstverteidigung absolviert habe. Ich konnte ihn abwehren, wir stürzten beide und da ist er abgehaun."

Mike überlegte. „Sie sind sich aber sicher, dass er sie würgen wollte."

Carola Specht nahm ihr Schaltuch ab. Mike erkannte auch in der diffusen Beleuchtung des Innenraumes rote Flecken an ihrem Hals. „Das war definitiv keiner der mir an die Wäsche wollte, Herr Hauptkommissar. Der wollte mich würgen."

Mike nickte. „Ist Ihnen etwas aufgefallen, irgendetwas?"

In diesem Moment klopfte es und als Mike die Tür aufzog, reichte ihm der junge Beamte zwei Kaffee eines Schnellimbisses.

Erfreut nahm die junge Frau den Kaffee und trank einen kräftigen Schluck. „Er hatte Handschuhe an, so derbe Handschuhe, wie diese Küchenhandschuhe zum Spülen."

Dieses Detail hatte man bisher nicht veröffentlicht und es stimmte mit der Aussage von Peggy Neidhardt fast wörtlich überein.

„Und sonst?"

Wieder nippte sie an ihrem Kaffee.

„Nein, es ging alles sehr schnell und genauso schnell war er weg. Hier unten ist es halt verdammt dunkel." Sie deutete aus dem Autoseitenfenster.

„Er ist in Richtung Hofwiesenstraße gelaufen, vielleicht hatte er dort ein Auto stehen."

Mike nickte. „Danke, Frau Specht. Ich lasse sie jetzt nach Hause bringen, wenn sie nicht doch noch in die Klinik wollen."

Vehement schüttelte sie den Kopf. „Nein, danke."

Mike stieg aus und rief einen Beamten heran, um ihn zu bitten, Carola Specht nach Hause zu fahren.

Auf Grund ihrer Aussage bestand für ihn kein Zweifel daran, dass sie es hier wieder mit dem gleichen Täter zu tun hatten. Gerade wollte er sich Karsten Windisch zuwenden, der mit seinem Team gerade akribig den Tatort unter die Lupe nahm, als ein uniformierter Polizist einen älteren Mann heranführte.

„Herr Hauptkommissar, das ist Herr Leuschel, er hat eine Beobachtung gemacht."

Mike nickte und sah den Mann an, den er auf Anfang

siebzig schätzte. Er trug eine leicht gefütterte Windjacke mit Kapuze zu dunklen Jeans.

„Ich war vorhin gerade noch einmal mit dem Dackel meiner Frau Gassi. Der alte Junge hält auch nicht mehr lange durch, ja, so ist das halt im Alter, da muss man häufiger."

Obwohl Mike kein gesteigertes Interesse an einer Unterhaltung über Prostataprobleme, ganz gleich ob bei Hund oder Mensch, hatte, nickte er verstehend.

„Jedenfalls kam da so ein junger Kerl mit einem hochgetourten Auto, stieg aus und lief hier hinter. Keine zehn Minuten später kam er zurückgerannt, als wäre der Teufel hinter ihm her und fuhr wieder weg. Ich war mit Maxl noch keine hundert Meter weiter gegangen, der pullert ja an jeden Stein, weil…"

„Könnten sie den Mann beschreiben?", unterbrach Mike ihn jetzt, um nicht noch mehr Details über Dackel Maxls Prostatabeschwerden hören zu müssen.

Der Mann zog seine Stirn in Falten. Scheinbar musste er sich, nachdem er so rüde unterbrochen worden war, erst einmal sammeln.

„Naja", sagte er gedehnt. „Jung war er halt. So zwischen zwanzig und dreißig, groß, so wie sie vielleicht, schlank, dunkel angezogen."

Mike nickte anerkennend. „Sie haben eine gute Beobachtungsgabe", lobte er den Mann, um ihn zu motivieren.

Dieser drückte prompt die Brust heraus. „Ja, ich war auch viele Jahre bei der Bahn, da hat man viel mit Menschen zu tun."

„Und das Auto?", hakte Mike jetzt nach.

„So silbergrau, gepflegt. Es hatte zwei Auspuff und machte ganz schön Krach. Außerdem war es tiefer gelegt."

„Können sie sich an die Marke erinnern?"

Herr Leuschel grinste ihn breit an. „Nicht nur das, ich habe auch das Kennzeichen."

Mike sah Marianne Jäger an, die gerade ein Telefonat beendet hatte. „Er ist noch immer nicht zu Hause aufgetaucht", sagte sie.

Mike erhob sich. „Gut, dann lassen wir ihn zur Fahndung ausschreiben."

Seine Kollegin sah ihn eine Weile an. „Wie kann man nur so dämlich sein? Ich verstehe es immer noch nicht. Stellt sein Auto direkt vor Wohnhäusern ab, obwohl es doch weiter vorn genügend Flächen gegeben hätte, die um diese Zeit recht einsam sind."

Mike zuckte die Schultern. „Jeder Täter macht irgendwann einen Fehler. Er wollte dieses Mal von seiner Beziehung zu Romy ablenken und ist prompt an die Falsche geraten. Daher war er wohl auch so erschrocken, dass er diesen Herrn Leuschel gar nicht registriert hat."

Marianne Jäger schaute noch immer zweifelnd.

„Du meinst, er hätte die junge Frau auch umgebracht?"

Mike ging zur Tür. „Nicht unbedingt. Ich denke, er hatte nicht vor, sie zu töten. Er wollte sie nur bewusstlos würgen. Einmal um zu zeigen, dass er scheinbar bewusst von den üblichen Orten des damaligen Würgers abweicht und wir nicht stutzig werden und um die scheinbare Serie fortzusetzen. Er hätte bestimmt noch eine Weile weiter gemacht und dann aufgehört." Er zuckte die Schultern.

„Aber das kann er uns selbst erzählen."

Jasmin Weidner-Amri stöhnte leise.

Sie hatte sich mit Kate geeinigt, dass sie jetzt erst einmal den gesamten bürokratischen Part übernehmen würde.

Sie sah zu dem Schreibtisch hinaus, an dem bis vor kurzem Romy Sommer gesessen und gearbeitet hatte. Jetzt stand dort ihr Bild und ein kleiner Blumenstrauß. Zwar hatte ihr Vater vorgestern ihre persönlichen Sachen, wie er es mit Kate vereinbart hatte, abgeholt, aber irgendwie erschien es ihnen allen nicht recht, diesen Platz sofort wieder zu besetzen.

Sicher würde das irgendwann geschehen müssen, aber derzeit managte Jasmin es von ihrem Büro aus. Abby hatte versprochen, nächste Woche, nach einer Prüfung, für die sie derzeit paukte, auszuhelfen. Das würde ihnen allen eine große Hilfe sein.

Als es läutete, schaltete sie auf die Sprechanlage.

„Ja bitte?"

„Bogdan Serwowitsch. Ich möchte zu Frau Schulz."

Jasmin zögerte einen kurzen Augenblick.

Das letzte Mal, das Serwowitsch hier gewesen war, war im Zusammenhang mit Kates Entführung gewesen. Sie drückte auf den Summer und erhob sich.

Im Flur begegneten sie sich.

Bogdan Serwowitsch neigte seinen Kopf.

„Sehr erfreut sie zu sehen, Frau Weidner. Entschuldigung, oder muss ich jetzt Amri sagen?"

Scheinbar war er über ihre Eheschließung informiert.

Sie lächelte, mehr professionell als herzlich.

„Beides ist korrekt, Herr Serwowitsch. Weidner-

Amri. Aber sie wollten ja zu Frau Schulz, es tut mir leid, sie ist noch nicht…"

In diesem Moment öffnete sich die Tür und Kate trat ein. Erstaunt über den Besucher nickte sie diesem zu. Dann deutete sie in den kleinen Konferenzraum und sah Jasmin auffordernd an. Diese folgte ihnen.

Nachdem sie Kaffee eingeschenkt hatte, nahm sie Platz. Es schien Bogdan Serwowitsch nichts auszumachen, dass auch Jasmin mit im Raum blieb.

„Was können wir für sie tun?", eröffnete Kate das Gespräch und lehnte sich zurück.

Serwowitsch sah von ihr zu Jasmin. „Nun, für mich eigentlich nichts. Es geht um Felix Bauer."

Kate zuckte leicht die Schultern. „Er ist zur Fahndung ausgeschrieben und scheinbar erfolgreich abgetaucht."

Dass sie damit kein Dienstgeheimnis verriet, war ihr klar. Serwowitsch hatte seine eignen Quellen, sehr zum Ärgernis der Polizei, aber er war immer Bestens informiert. Stumm nickte er. Dann holte er Luft.

„Frau Schulz und Frau Weidner-Amri, ich weiß, wo sich Felix versteckt hält und glauben sie mir, ich würde keine Sekunde zögern ihn der Polizei zu übergeben, wenn ich nur den leisesten Verdacht hätte, dass er etwas mit dem Tod ihrer Mitarbeiterin zu tun hat oder mit den Angriffen auf die anderen Frauen."

Kate und Jasmin sahen sich an.

„Sie glauben wirklich, dass er nichts damit zu tun hat?", fragte Kate. Serwowitsch nickte.

„Gut", sagte Mike und sah Karsten Windisch zu, wie
dieser professionell die Tür zu Felix Bauers Wohnung
in der Lutherstraße öffnete. Es war nach der derzeitigen Faktenlage nicht schwer gewesen, von dem zu-
ständigen Staatsanwalt einen Beschluss zu bekommen, zumal Felix Bauer noch immer unauffindbar
war. Trotzdem betraten sie die Wohnung vorsichtig.
Mike hatte seine Dienstwaffe in der Hand und zu Boden gerichtet und tauschte sich mit seiner Kollegin
Marianne Jäger durch Blicke aus.
Die Wohnung selbst bestand aus einem großen
Wohnzimmer mit einer integrierten Küchenzeile, einem kleinen Badezimmer und einem nicht viel größeren Schlafzimmer. Für eine klassische Junggesellen-
bude sah es überraschen aufgeräumt aus.
Im Wohnzimmer dominierte ein übergroßer Bild-
schirm die Wand und davor ein schwarzes Leder-
couch.
Mike steckte seine Waffe wieder ein.
„Niemand zu Hause. War ja auch zu erwarten."
Er zog ebenso wie seine Kollegin Handschuhe an.
Als er die erste Schublade aufzog, hielt er einen Pass
in die Höhe. „Also scheinbar will er sich nicht ins
Ausland absetzen", sagte Marianne Jäger auf dem
Weg zum Schlafzimmer.
„Zumindest nicht unter seinem richtigen Namen",
sagte Mike und stöberte weiter.
Hinter ein paar Rechnungen und sonstigem Papier-
kram tastete er etwas Hartes und zog es hervor. Es
war eine Muschel. Hatte Florian Seidel nicht erzählt,

dass Romy eine Muschel vermissen würde? Konnte das ein Zufall sein?

„Mike? Kommst du mal bitte?", rief Marianne Jäger aus dem Schlafzimmer und als er den Raum betrat, sah er auf dem Bett eine Handtasche sowie zwei Geldbörsen und ein Smartphone ausgebreitet.

Sie selbst hielt zwei Personalausweise in der Hand. „Ausgestellt auf Peggy Neidhardt und Miriam Vogler."

„Gut, damit haben wir ihn. Zumindest wissen wir, dass er der Täter ist", sagte Mike und klatschte in die Hände.

Marianne Jäger betrachtete die Sachen kopfschüttelnd. „Warum hat er das aufgehoben?"

„Weil er sich scheinbar verdammt sicher war."

Trotzdem schien seine Kollegin nicht zufrieden.

„Wenn er sich an Romy Sommer rächen wollte, dann waren die Überfälle auf die anderen Frauen nur Mittel zum Zweck. Warum hebt er dann die Sachen auf?"

„Vielleicht weil er gestört ist? Was weiß ich. Das soll das psychiatrische Gutachten herausfinden."

Marianne Jäger zog die Augenbrauen nach oben.

„Dazu müssen wir ihn erst einmal haben. In den Kreisen, in denen er verkehrt, dürfte er keine Probleme haben, abzutauchen."

Mike nickte und zog sein Smartphone aus der Jackentasche. „Es wird Zeit, dass ich auf Kates Angebot zurückkomme."

„Woher sind sie sich so sicher?", fragte Kate Serwowitsch und schenkte ihm Kaffee nach.

Dieser lächelte etwas. „Ich halte mich für einen gar
nicht so schlechten Menschenkenner, sonst hätte ich
in meinem Business wohl kaum eine Chance, oder?"
Ehe Kate etwas antworten konnte, klingelte ihr
iPhone.

„Sie entschuldigen?", sagte sie und verließ den
Raum. Serwowitsch wandte sich Jasmin zu.

Diese legte ihre Hände sorgfältig aneinander und erwiderte seinen Blick. „Wäre es nicht wirklich besser,
wenn er mit der Polizei sprechen würde? Es wäre ja
vielleicht zu erklären…"

„Wäre es nicht", sagte Kate, die gerade den Raum
wieder betrat und die letzten Worte wohl gehört
hatte. „Die Polizei hat in seiner Wohnung die persönlichen Gegenstände der überfallenen Frauen gefunden. Damit ist der Sachverhalt wohl klar. Sie schüt-
zen einen Mörder, Herr Serwowitsch."

Dieser sah Kate eine Weile schweigend an. Dann
holte er tief Luft. „Sie waren lange genug beim FBI,
Frau Schulz. Ich vertraue auf ihre Meinung, mehr als
auf die der Polizei. Sprechen sie mit Felix. Wenn sie
der Meinung sind, dass er der Täter ist, wird er sie
zur Polizei begleiten, dafür sorge ich."

Kate wechselte einen Blick mit Jasmin, diese nickte.
„Gut, aber Frau Weidner-Amri begleitet uns."

Bogdan Serwowitsch fuhr mit seinem Auto voran,
Kate und Jasmin folgten ihm in Kates Wagen.

„Warum hält er so an Felix Bauers Unschuld fest?",

fragte Kate sie, als sie in die Trockentalstraße einbogen. „Das musst du schon ihn fragen. Jedenfalls ist er scheinbar 100% davon überzeugt, dass der junge Mann nicht der Täter ist."

Jasmin deutete auf Serwowitschs Mercedes, der gerade den Blinke setzte. Am Ende hielt er vor einem unscheinbaren Haus in der Seestraße an und Kate stellte sich hinter ihn. Als sie an der Haustür standen, stellte Kate ihm die Frage, die sie eben Jasmin gestellt hatte. Serwowitsch hatte den Schlüssel in der Hand, um aufzuschließen, ließ ihn aber kurz sinken.

„Wissen sie Frau Schulz. Felix ist vielleicht ein impulsiver Kerl, dem ich durchaus zutraue, auch eine Frau zu schlagen. Darum ist er ja auch schon mit dem Gesetz in Konflikt gekommen. Aber eine solche Tat akribig zu planen und durchzuführen?"

Er schüttelte den Kopf und schloss die Haustür auf.

„Dazu fehlt ihm einfach der nötige Intellekt."

Kate sah Jasmin an, die leicht die Schultern nach oben zog. Im Hausflur angelangt, läutete Serwowitsch drei Mal kurz und einmal lang an der unteren Vorsaaltür. Diese wurde umgehend geöffnet.

„Boss, ich…" Felix Bauer starrte die zwei Frauen an, die plötzlich in seinem Gesichtskreis auftauchten.

Und wurde blass.

„Die Bullen wollen mir etwas anhängen, die haben mir die Sachen untergeschoben."

Felix Bauer stand mitten in dem kleinen Raum und funkelte abwechselnd Kate und Jasmin wütend an. Bogdan Serwowitsch hob beide Hände.

„Jetzt fahr mal einen Gang runter, ja? Setz dich hin."

Das war ein klarer Befehl und Felix Bauer hielt es für klug, diesem zu folgen. Kate setzte sich ihm gegenüber auf einen Stuhl. „Was haben sie gestern Abend an der Hofwiesenstraße gemacht?"

Der junge Mann starrte sie verständnislos an.

„Was?", fragte er und langsam verstand Kate, was Bogdan Serwowitsch hinsichtlich Felix Intellekt gemeint hatte. Himmel, was hatte Romy Sommer nur an ihm gefunden?

„Könnten sie meine Frage beantworten?" Sie klang jetzt wieder wie die FBI Agentin, die sie lange gewesen war. Scheinbar machte das Eindruck auf Bauer.

„Also, ich wollte mir was besorgen…", murmelte er und warf einen schnellen Blick auf Serwowitsch. Kate wusste, dass dieser bei seinen Mitarbeitern keine Drogen duldete. Jetzt aber winkte er ab, als sei das das kleinste Problem derzeit.

„Ein bisschen Gras, aber was Gutes, Hochwertiges, nicht das Zeug, was sonst so an den gängigen Stellen in der Stadt vertickt wird. Also, so ein Typ hat mir den Treff vorgeschlagen, unten beim Mühlberg."

„Haben sie ihn gekannt?", unterbrach ihn Kate.

Bauer schwenkte seinen Blick wieder zu ihr.

„Nein, das ging übers Internet."

„Darknet?", fragte Kate und zögerlich nickte der junge Mann. „Gut und weiter?"

Er zog etwas die Nase hoch.

„Naja, der Preis war okay und er schlug Ort und Zeit vor und als ich hinkam, war da niemand, aber plötzlich hörte ich Sirenen und dachte, entweder ist der Kerl aufgeflogen oder er wollte mich an die Bullen liefern. Da bin ich schleunigst abgehaun."

Kate hatte ihn genau beobachtet. Sie hatte Dutzende von Verhören geführt und kannte alle gängigen psychologischen Tricks der sich potenzielle Lügner bedienten, aber der junge Mann schien die Wahrheit zu sagen.

„Ein paar Meter weiter ist wieder eine junge Frau angefallen und gewürgt worden, zur gleichen Zeit, als sie dort waren", sagte sie schließlich.

Felix Bauer wurde noch blasser als er ohnehin schon war. „Scheiße", sagte er nur.

„So könnte man es zusammenfassen", warf Jasmin ein, die an der Wand lehnte und die Rolle der unabhängigen Beobachterin eingenommen hatte.

Kate wandte sich zu Serwowitsch um.

„Trotz allem, er muss sich der Polizei stellen."

Felix Bauer fuhr von seinem Stuhl hoch und sah seinen Chef flehentlich an. „Boss, ich…"

Dieser winkte ab und sah Kate an. „Glauben sie ihm?"

Diese holte tief Luft. „Ich denke ja. Aber das löst nicht das Problem. Wenn er sich weiter versteckt hält, wird sich die Lage für nicht ihn bessern."

Serwowitsch nickte. „Gut. Frau Schulz, ich möchte, dass sie und ihr Team die Wahrheit herausfinden. Ich übernehme das Honorar. Außerdem stelle ich einen Anwalt für Felix."

Dann ging er zu dem jungen Mann, der ihn wie betäubt anstarrte und legte ihm eine Hand auf die Schulter. „Ich halte dich auch für unschuldig, Felix. Aber Frau Schulz hat recht, du musst dich der Polizei stellen. Wir werden inzwischen alles tun, um zu beweisen, dass du nicht der Täter warst."

Felix Bauer war nicht überzeugt. „Boss, wenn die Bullen mich erst einmal in den Fingern haben, bin ich geliefert. Die haben sich doch schon auf mich als Täter eingeschossen, da ermittelt keiner mehr."

Serwowitsch verstärkte den Druck auf seine Schulter. „Deshalb wird auch Frau Schulz ermitteln. Sie hat mein vollstes Vertrauen."

Kate trat ebenfalls an Felix Bauer heran.

„Kommen sie. Es ist besser, sie stellen sich selbst."

Dieser schien zu spüren, dass er bei seinem Chef keinen Schutz mehr zu erwarten hatte.

Zwar könnte er die Gelegenheit nutzen, um abzuhauen, aber wohin?

Er war sich sicher, dass er auf der Fahndungsliste der Polizei ziemlich weit oben stand und er hatte keine Zeit gehabt, seine Verbindungen zu aktivieren, weil er seinem Boss vertraut hatte, dass dieser ihn verstecken würde, bis die Luft wieder rein wäre.

„Tja, Pech gehabt", sagte er sich und sah kurz zu Kate hin. Diese machte ja einen ganz taffen Eindruck und sie schien ihm wirklich zu glauben.

Aber hätte er, wenn er einmal in den Klauen der Polizei war, überhaupt noch eine Chance? Und der Lover diese Kate Schulz war immerhin ein Bulle.

„Und sie versuchen wirklich alles, um denen klar zu machen, dass ich es nicht war?", sagte er und beobachtete Kate genau. Diese nickte.

„So und jetzt setzen sie sich wieder hin und wir gehen erst einmal alle Tage durch, an denen die Überfälle stattfanden und was sie da gemacht haben."

Felix Bauer atmete tief durch und dachte eine Weile nach. Dann traf er für sich eine Entscheidung.

„Gut", sagte er schließlich und stand auf. „Sie entschuldigen nur einen Moment, ich müsste mal…"

Er deutete mit dem Kopf nach draußen.

Kate nickte und sah ihm nach, als er die Tür hinter sich zuzog.

„Ich bin froh, dass sie ihn überreden konnten", sagte Bogdan Serwowitsch nach einer Weile und lächelte sie an.

Kate zog langsam die Stirn in Falten, was ihr Gegenüber zu bemerken schien.

„Sie denken doch nicht etwa…"

Er sah auf den Monitor vor sich und schlug mit der flachen Hand auf die Schreibtischkante.

Kate war aufgesprungen und hinter ihn getreten.

Sie sah gerade noch, wie sich ein silberfarbener BMW mit hoher Geschwindigkeit vom Gelände entfernte.

Kapitel 12

„Ich fasse es immer noch nicht, dass er dich so ausgebootet hat."

Mike nahm sich noch eine Hähnchenkeule und knabberte die herrlich knusprige Haut ab. Dann sah er auf, weil Kate ihm keine Antwort auf diese Provokation gegeben hatte. Langsam legte er das Hühnchen auf den Teller zurück.

„Du bist also auch nicht davon überzeugt, dass Felix Bauer der Täter ist, trotz der Beweise in seiner Wohnung, der Tatsache, dass er am Tatort gesehen wurde und dass er letztendlich noch immer auf der Flucht ist?"

Kate sah von ihrem Teller auf. „Auch? Wer denn noch?"

Mike hätte sich auf die Zunge beißen können, aber jetzt war es heraus. „Marianne", sagte er nach einer Weile. „Irgendwie ist sie nicht 100% überzeugt." Aber dann winkte er ab. „Omar hat bestätigt, dass die Größe stimmt."

Kate stieß ein Schnauben aus. „Dann wärst du genau wie, na, ich sage mal, 50% aller Männer in Plauen zwischen fünfundzwanzig und fünfundvierzig Jahren potenziell tatverdächtig. Tolles Indiz."

Verärgert schob Mike seinen Teller von sich.

„Es wird eine Weile dauern alle Spuren auszuwerten und Felix Bauer ist dringend tatverdächtig und, das kommt erhärtend dazu, er ist noch immer auf der Flucht. Hätte er dein Angebot angenommen mit uns zu reden, aber so?"

Kate sah ihn eine Weile an und lehnte sich zurück.

„Habt ihr wenigstens DNA- Spuren?"

Mike sah sie intensiv an. „Wieso sollte ich dir das sagen? Du bist von Serwowitsch engagiert, um Beweise für Bauers Unschuld zu suchen, oder hat er inzwischen seine Meinung geändert, weil sein Schützling auch ihn an der Nase herumgeführt hat?"

Kate stand auf und schüttelte den Kopf.

„Also nein", sagte sie und lächelte ihn an. „Kaffee?", fragte sie und er nickte.

Während sie hinaus ging, begann Mike den Tisch abzuräumen. Er fragte sich, ob Kate wirklich an Bauers Unschuld glaubte oder ob das nur so eine Art Berufskrankheit war, immer alles in Frage zu stellen.

Während er hörte, wie Kate die Tassen in die Bibliothek trug, stellte er alles nebenan in den Geschirrspüler. Dann folgte er ihr.

Da der Abend kühl war, hatte sie den Kamin angeheizt. Eigentlich mochte er diese Atmosphäre, hier mit Kate zu sitzen und zu plaudern.

Aber heute hatte er ein schlechtes Gefühl dabei.

Erstmals glaubte er, sie würden auf verschiedenen Seiten stehen, was eigentlich Unsinn war.

Aber Kate arbeitete für Bogdan Serwowitsch.

Sie stellte ihm seine Kaffeetasse hin.

„Ich würde an dieser ganzen Sache auch so zweifeln, ohne das Serwowitsch mich damit beauftragt hätte."

Verdammt, konnte sie wirklich seine Gedanken lesen?

Er sah ein breites Grinsen auf ihrem Gesicht. Dann wurde sie ernst. „Komm, lass uns mal analytisch an die Sache heran gehen."

Er nahm seine Tasse, setzte sich ihr gegenüber und sah sie an.

„Gut. Dann bitte." Er holte tief Luft.

„Warum waren die Sachen in seiner Wohnung?"

„Jemand hätte sie dort verstecken können."

Mike verzog einen Mundwinkel.

„Und riskieren, dass er sie findet und vernichtet?"

Kate runzelte die Stirn. „Ja, das Risiko war groß, zumal du gesagt hast, die Wohnung ist recht klein."

Sie schien weiter darüber nachzudenken. Schließlich setzte sie ihre Kaffeetasse ab.

„Es bleibt eigentlich nur ein kurzes Zeitfenster. Nehmen wir an, es gibt einen anderen Täter, der Felix Bauer die Taten in die Schuhe schieben will. Er bestellt ihn an den Mühlberg und dieser parkt ahnungslos sein Auto, ohne es verbergen zu wollen, warum auch? Wegen ein paar Gramm Gras? Der Täter hat nur nicht damit gerechnet, dass die junge Frau sich so erfolgreich wehrt. Das bringt zwar seinen Plan kurzfristig durcheinander, aber Felix gerät trotzdem in Verdacht, weil sein Auto gesehen wird. Er weiß, dass Felix in Panik flieht und definitiv nicht nach Hause geht, weil dort die Polizei auf ihn warten könnte. Also hat er doch genügend Zeit, die Sachen in der Wohnung zu verstecken."

Mike schüttelte den Kopf. „Der große Unbekannte? Komm, Kate, wie wahrscheinlich ist denn das?"

Diese seufzte. „Zugegeben, es klingt etwas weit hergeholt, aber…"

Mike wandte sich ihr wieder zu. „Du hast doch selbst gesagt, Serwowitsch hat auch festgestellt, dass Bauer nicht gerade die hellste Kerze auf der Torte ist. Also macht es durchaus Sinn, dass er die Sachen in seiner Wohnung einfach in den Schrank gestopft hat, um sie irgendwann zu entsorgen."

„Aber Serwowitsch hat auch gesagt, dass er solch eine akribige Planung mehrere Überfälle inklusive dem Mord an Romy ihm nicht zutraut", wandte Kate jetzt ein.

Mike winkte ab. „Vielleicht hat er ihn hier einfach unterschätzt? Glaub mir Kate, Bauer ist unser Mann. Wir sehen jetzt zu das wir ihn schnappen, was vielleicht nicht ganz einfach wird, weil er scheinbar viele Verbindungen in den Untergrund hat."

Er erhob sich. „Ich fahre noch mal ins Präsidium."

Als er sich zu ihr beugte, um sie zu küssen, nahm sie ihn sanft am Arm. „Mike, ich werde trotzdem nach Beweisen suchen, die ihn vielleicht entlasten."

Er strich ihr über die Wange.

„Ich kann dich nicht davon abhalten", sagte er lächelnd, aber Kate sah, dass das Lächeln nicht ganz echt war.

Plötzlich fuhr sie auf und lief aus der Bibliothek.

Mike stand schon in der Diele und griff zu seiner Jacke.

„Sag mal, du hast doch gesagt, ihr habt eine Muschel in Bauers Wohnung gefunden?"

Mike sah sie etwas verwirrt an. „Ja und? Florian Seidel hat uns erzählt, dass Romy ihm gesagt hat, sie würde die Muschel vermissen, die er und sie aus einem gemeinsamen Urlaub mitgebracht hatten."

Kate zog ihr iPhone aus der Tasche und öffnete den Bildspeicher.

„Ich wusste es", sagte sie und hielt das iPhone Mike hin.

Es war das gleiche Bild, das auch er in der Wohnung von Romy Sommer am Abend ihres Todes abfotografiert hatte. Es zeigte Romy mit Felix Bauer, irgendwo am Strand. Er hatte einen Arm um sie gelegt und sie hielt eine Muschel in der Hand.

„Ja und?", fragte Mike und gab ihr das iPhone zurück. Kate rollte leicht die Augen nach oben.

„Warum sollte sie die Muschel aus dem Urlaub mit ihrem Exfreund aufheben, wenn sie eine aus dem Urlaub mit ihrem jetzigen Freund mitgebracht hat?"

Mike schüttelte den Kopf. „Erstens, ob sie sie mitgebracht hat, ist bloß eine Theorie, vielleicht hatte sie sie nur für das Foto in der Hand und zweitens, vielleicht sammelte sie Muscheln, ganz gleich von wem."

Kate sah ihn an. „Hast du welche bei ihr gesehen?"

Kapitel 13

Florian Seidel erhob sich von dem ihm angebotenen Platz, als Mike den Raum betrat und streckte ihm die Hand entgegen. „Guten Tag, Herr Hauptkommissar."

Sein Händedruck war fest. Mike deutete ihm, wieder Platz zu nehmen und setzte sich gegenüber.

Der junge Mann sah ihn an. „Gibt es etwas Neues?"

Mike schüttelte leicht den Kopf.

Florian Seidel ließ sich zurück an die Stuhllehne fallen, ohne den Blickkontakt zu Mike zu unterbrechen. „Es gibt ein neues Opfer, nicht wahr? Bei Facebook ist es das Thema. Dann war Romy also doch ein Zufallsopfer?"

Als Mike nicht antwortete, nickte Florian. „Natürlich, laufende Ermittlungen. Da dürfen sie nichts sagen."

In diesem Moment trat Marianne Jäger ein. Florian erhob sich kurz, um sie zu begrüßen. Sie legte eine Muschel mitten auf den Tisch. Verwirrt sah der junge Mann von Marianne zu Mike und dann zu der Muschel.

„Ist das die Muschel, die sie gemeinsam mit Romy aus dem Urlaub mitgebracht haben und die aus ihrer Wohnung verschwunden ist?"

Florian lehnte sich etwas nach vorn und sah dann Mike an. „Darf ich sie in die Hand nehmen?"

Als dieser nickte, nahm er sie, drehte sie kurz hin und her und legte sie dann zurück. „Nein."

Mike zog die Stirn kraus. „Sind sie sich sicher?"

Der junge Mann nickte. „Die Muschel war größer und deutlich heller. Das ist sie nicht, auf keinen Fall." Er schien sich seiner Sache einhundert Prozent sicher zu sein. Schließlich beugte er sich wieder nach vorn, nahm die Muschel zwischen seine Hände und drehte sie etwas hin und her. Er seufzte etwas und zog die Hände zurück.

„Wissen sie, Herr Hauptkommissar, ich habe es bereut, dass ich ihnen beim letzten Mal von Romys Verdacht erzählt habe. Ich meine, dass Felix Bauer sie stalken würde. Ich gebe zu, ich habe mich gefreut, dass sie so viel Vertrauen zu mir hatte und dass es zwischen den beiden aus war. Aber ich hätte ihn damit nicht in Schwierigkeiten bringen dürfen. Vielleicht hat Romy das auch so hineininterpretiert und jetzt…"

Er machte eine hilflose Geste und sah von Marianne zu Mike. Letzterer erhob sich.

„Es war richtig, dass sie uns alles genau so gesagt haben, wie Frau Sommer es ihnen erzählt hat. Es war ja nicht ihre Interpretation. Danke das sie gekommen sind."

Florian Seidel erhob sich. „Das ist doch selbstverständlich."

„Was meinst du?", fragte Mike Marianne, als Florian Seidel den Raum verlassen hatte.

Seine Kollegin sah noch immer zu der geschlossenen Tür und dann auf die Muschel, die mitten auf dem schlichten Holztisch lag. Schließlich rückte sie sich in ihrem Stuhl zurecht.

„Entweder ist er wirklich ein ehrlicher Kerl oder verdammt gewieft."

Mike zog etwas die Brauen nach oben. „Du denkst…?"

Er ließ den Rest der Frage in der Luft hängen.

Marianne zuckte die Schultern.

„Denken? Ich weiß nicht, es ist eher so ein Gefühl. Irgendwie ist der Kerl mir zu… zu aalglatt."

Mike lächelte. „Scheinbar haben die Frauen in meinem Umfeld es derzeit so mit Gefühlen. Kate hat das Gefühl, dass Felix Bauer nicht unser Täter ist, trotz aller bei ihm aufgefundenen Beweise. Du hast jetzt auch so ein Gefühl."

Er wurde ernst. „Also, ich halte mich lieber an die Fakten. Es spricht alles gegen diesen Felix Bauer und das eben hat mich noch bestärkt. Hätte Florian Seidel behauptet, es sei die Muschel, die er gemeinsam mit Romy aus dem Urlaub mitgebracht hat, wäre ich vielleicht sogar stutzig geworden, auch wenn mich Kates Theorie nicht einhundert Prozent überzeugt hat. Aber so?"

Er erhob sich und klopfte leicht mit den Fingerknöcheln auf den Tisch.

„Verstärken wir die Fahndung nach Bauer."

Jasmin sah Kate skeptisch über den Rand ihrer Kaffeetasse an. Sie hatten kurzfristig ihre Besprechung nach unten zu Daniel in die Kaffeerösterei verlegt, zumal in diesen Mittagsstunden der Betrieb noch recht überschaubar war.

„Du bist, trotz der Spurenlage, überzeugt, dass Felix Bauer nicht der Täter ist?", fragte Jasmin und es war ihr anzuhören, dass sie diese Meinung keineswegs teilte. Kate nippte an ihrem Cappuccino, stellte die Kaffeetasse langsam ab und fuhr mit dem Zeigefinger über den Rand.

„Die Spurenlage ist mir zu perfekt. Und nicht nur mir."

Jasmin lächelte etwas süffisant. „Lass mich raten, Bogdan Serwowitsch?"

Kate warf ihr einen kurzen Blick zu. „DER auch. Aber ich meinte eigentlich Kommissarin Marianne Jäger. Mike hält sich eher an die Fakten, aber sie hat auch so leise Zweifel."

Als sie Jasmins immer erstaunter werdenden Blick sah, schüttelte sie langsam den Kopf.

„Das hat sie mir natürlich nicht gesagt, das war Mike selbst. Gestern war übrigens Romys Ex nochmal bei ihm vorgeladen. Ich hatte recht mit dem Foto. Diese Muschel ist nicht die, die angeblich aus ihrer Wohnung verschwunden ist."

Jasmin deutete Daniel ihr noch einen Kaffee zu bringen und zog dann die Stirn kraus. „Was ist das denn für eine Geschichte mit dieser Muschel?"

Kate schwenkte ihre fast leere Cappuccinotasse in

Richtung des Tresens und lächelnd stellte Daniel eine große Tasse unter die blitzende Maschine.

„Also, Florian Seidel, Romys Ex, hat bei seiner ersten Vernehmung erzählt, dass Romy sich von Felix Bauer, mit dem sie angeblich Schluss gemacht hatte, gestalkt fühlen würde. Er wäre wohl auch in ihrer Wohnung gewesen, zu der er noch einen Schlüssel besitzt und hätte die Muschel entwendet, die Florian und sie aus dem Urlaub mitgebracht hätten."

Kate und Jasmin nahmen mit einem Lächeln ihre Getränke entgegen, während sich der Besitzer der Kaffeerösterei wieder hinter seinen Tresen begab.

Jasmin lehnte sich etwas zurück und schüttelte langsam den Kopf.

„Warum hebt sie eine Muschel ihres Ex auf? Und warum sollte Bauer das Ding mitnehmen?"

Kate nickte. „Siehst du, das habe ich mich auch gefragt. Romy hat auch keine Muscheln gesammelt, was eine Erklärung gewesen wäre. Nun gut, jedenfalls haben Mike und Marianne in Bauers Wohnung neben den gestohlenen Sachen der gewürgten und ausgeraubten Frauen auch eine versteckte Muschel entdeckt. Da fiel mir plötzlich etwas ein."

Sie zog ihr iPhone aus der Tasche, suchte das Bild von Romy und Felix am Strand heraus und zeigte es Jasmin. Dabei deutete sie auf Romys rechte Hand.

Jasmin nickte. „Eine Muschel", sagte diese.

Kate steckte ihr iPhone wieder zurück in die Tasche.

„Das ist die Muschel, die in Bauers Wohnung gefunden wurde."

Langsam blies Jasmin die Wangen auf.

„Ja gut, also war es seine Muschel. Aus dem Urlaub mit Romy. Was ist daran so seltsam?"

„Ich war gestern Abend noch bei Romys Vater und habe ihm das Bild gezeigt. Es ist schließlich jenes Foto, das in ihrer Wohnung auf dem Sideboard stand. Er hat die Muschel erkannt. Sie befand sich seit dem Urlaub mit Felix Bauer am Mittelmeer in Romys Schlafzimmer auf ihrem Nachttisch."

„Ach", sagte Jasmin nur und ergriff wie ferngesteuert ihre Kaffeetasse. „Dann hätte Felix Bauer seine eigene Muschel mitgehen lassen?"

Kate schüttelte den Kopf. „Nein, laut Florian Seidel hat ihm Romy erzählt, die Muschel ihres gemeinsamen Urlaubs hätte Bauer gestohlen."

Jasmin griff sich an den Kopf. „Also, wer soll denn da noch durchsehen?"

Kate lächelte. „Ja, das ist so bisschen wie *finde den Fehler*, und ich denke, langsam finde ich ihn."

Ehe Jasmin antworten konnte, kam Omar durch die Eingangstür. Er warf Daniel einen herzlichen Gruß zu und steuerte ihren Tisch an.

„Na, meine beiden liebsten Frauen beieinander", sagte er launig und küsste erst Jasmin auf den Mund und dann Kate auf beide Wangen. Dann ließ er sich, unter dem protestierenden Ächzen des Holzes, in einen der Sessel fallen.

„Du kommst wie gerufen", sagte Kate. „Ich möchte dich um einen Gefallen bitten.

Kapitel 14

Als Kate die Cafeteria des Klinikums betrat, sah sie Doktor Feigler an einem Tisch nahe des Fensters sitzen. Er hatte sie scheinbar gleich erkannt, denn er hob seine Rechte, um sie auf sich aufmerksam zu machen. Als sie an den Tisch trat, erhob er sich und schüttelte ihre Hand. „Der Kollege Amri sagte mir, dass sie mich sprechen wollten?"

Er deutete auf den Stuhl ihm gegenüber.

Kate nickte. „Ich brauche einen fachlichen Rat und mir ist niemand eingefallen, der ein kompetenteres Urteil abgeben könnte als sie."

Mit einem Lächeln verneigte er sich knapp in ihre Richtung und erhob sich. „Dann werde ich uns erst einmal etwas Koffein besorgen", sagte er und ging gemessenen Schrittes zur Kaffeeausgabe.

Kate lehnte sich entspannt zurück und erinnerte sich plötzlich. An diesem Tisch hatte sie mit Omar Amri gesessen. Er eröffnete ihr damals, dass die Frau, die sie ein Leben lang für ihre Großmutter hielt, nie ein Kind geboren hatte. Wie lange war das schon wieder her?

Doktor Feigler näherte sich mit einem Tablett und stellte vor Kate einen Pott Kaffee ab, daneben Milch und Zucker. Sein Kaffeepott enthielt schwarzen Kaffee ohne alles.

Dann nahm er wieder Platz und lehnte sich etwas zurück. „Wie kann ich ihnen helfen?"

Kate erzählte knapp und kontinuierlich, wie sie es

gewöhnt war, immer davon ausgehend, dass einige Fakten dem Arzt bereits bekannt waren.

Als sie geendet hatte, sah er kurz aus dem Fenster.

Dann schwenkte sein Blick wieder zu ihr.

„Was glauben sie, Frau Schulz?"

Kate atmete leicht aus. Die Formulierung seiner Frage störte sie etwas. „Nun, glauben…"

Sie schluckte den Satz, dass sie, wenn sie glauben möchte, in die Kirche gehen würde, als unprofessionell hinunter, aber der Psychiater schien ihre Gedanken zu erraten, das zumindest vermutete sie am kurzen Aufblitzen in seinen Augen.

„Lassen sie es mich anders formulieren. Was stört sie bei der Vorstellung, dieser Felix Bauer könnte der Täter sein? In einem Satz."

Sie sah ihn an.

„Ich halte ihn nicht für clever genug, so etwas zu planen und durchzuführen."

Das war wirklich das Erste, was ihr durch den Kopf fuhr, als sie darüber nachdachte. Doktor Feigler nahm einen Schluck Kaffee.

„Wissen sie Frau Schulz, ohne den ermittelnden Behörden vorgreifen zu wollen, glaube ich, werden dort derzeit drei Szenarien, oder Gedankenexperimente, durchgespielt. Szenario eins, die tote junge Frau war ein zufälliges Opfer, wie die anderen auch. Der Täter hatte einfach zu fest zugedrückt. Das wäre wohl die einfachste Variante. Was dagegen spricht ist die Tatsache, dass er kurz darauf bereits wieder eine Frau würgte. Dieser Tätertyp hätte nie den Tod einer der

Frauen einkalkuliert. Sein Motiv wäre sexueller Natur oder reine Machtgefühle gegenüber einem wehrlosen Opfer. Der Todesfall hätte ihn zutiefst erschüttert. Er hätte nicht weiter gemacht, das steht fest. Somit würde ich Szenario eins ausschließen."

Er nahm erneut einen Schluck von seinem Kaffee und stellte langsam den Pott zurück auf den Tisch.

„Szenario zwei, der junge Mann, den sie mir beschrieben haben. Natürlich müsste ich mir am besten selbst ein Bild machen, aber ich vertraue ihrer Erfahrung, Frau Schulz. Sie schildern ihn impulsiv, leicht erregbar, mit einem kriminellen Hintergrund. Er hätte vielleicht die kriminelle Energie, aber hätte er die notwendige Strategie? Laut ihren Aussagen wurde er bereits gewalttätig, aber immer im Affekt. Diese Taten sind eher keine Affekttaten. Indem die Vorgehensweise des ehemalig als Würger von Plauen bekannten Täters nahezu kopiert wurde, wird deutlich, dass dazu eine ausgezeichnete Planung und eine kühle, strategische Umsetzung notwendig ist. Ich neige fast, mich ihrem Urteil anzuschließen. Auch wenn einige Aspekte für den jungen Mann als Täter sprechen, von seiner Persönlichkeit würde ich ihn eher ausschließen."

Kate lehnte sich jetzt interessiert nach vorn.

„Und Szenario Nummer drei?", fragte sie und der Arzt sah sie eine Weile schweigend an.

Dann seufzte er wieder leise.

„Sie erwarten von mir, dass ich ihnen ein Psychogramm eines Täters liefere?"

Kate legte langsam die Hände zusammen und richtete sie auf dem Tisch aus.

„Herr Doktor Feigler, ich bin überzeugt, dass die Polizei sie ebenfalls konsultieren wird. Spätestens, wenn sie herausgefunden haben, dass Felix Bauer nicht ihr Mann ist. Aber bis dahin werden sie sich ausschließlich auf ihn einschießen, was dem wahren Täter einen ungeheuren Vorsprung ermöglicht."

Der Arzt musterte sein Gegenüber eine Weile, dann lächelte er etwas. „Sie können sehr überzeugend sein, Frau Schulz", sagte er und lehnte sich etwas zurück. Dann nickte er zustimmend.

„Also gut. Der Täter ist, wie ich schon sagte, keinesfalls impulsiv. Er ist ein Stratege, kühl, berechnend, intelligent. Ein Narziss, er manipuliert Menschen für seine Zwecke. In diesem Fall hätten wir es mit einer zutiefst gestörten Persönlichkeit zu tun."

Er stockte kurz und sah sich im Raum um. Die meisten Gäste der Cafeteria saßen zu weit von ihnen entfernt, um auch nur ein Wort zu verstehen, zumal sie beide relativ leise sprachen. Es schien, als wolle sich Doktor Feigler nochmals davon überzeugen.

„Frau Schulz, was ich ihnen sage, ist keinesfalls offiziell, das wissen sie hoffentlich?"

Kate nickte langsam.

„Gut. Der Täter hatte es von Anfang an auf Romy Sommer abgesehen. Die anderen Frauen waren nur ein Ablenkungsmanöver. Dass er nach ihrem Tod weitermacht, hat den gleichen Effekt. Das diese Frauen nach den Überfällen traumatisiert sind, interessiert ihn nicht, das sind für ihn Kollateralschäden. Wer immer diese Taten begangen hat, er ist brandgefährlich."

Kate nickte und lehnte sich wieder zurück. „Danke, Herr Doktor, für ihre Ehrlichkeit."

Der Psychiater hob die Hand. „Wie gesagt, ich verstehe das hier nicht als fachliche Expertise, das wäre sehr unprofessionell, sondern als…"

„Gedankenexperiment", ergänzte Kate, seinen Ausdruck wiederholend und zwinkerte ihm etwas zu.

Das Bogdan Serwowitsch wütend war, konnte man ihm, der sonst immer eine Aura der Beherrschtheit um sich ausstrahlte, deutlich anmerken.

Er war auf Kates Bitte zu ihr ins Büro gekommen und drehte die Kaffeetasse samt Inhalt ständig auf dem Tisch hin und her.

Es war Kate klar, dass er nicht gerade angetan war von der Tatsache, dass Felix Bauer untergetaucht war, obwohl er ihm seine Hilfe angeboten hatte.

So mit Bogdan Serwowitsch umzugehen war reichlich unklug und fast tat Bauer ihr leid.

Schließlich beugte sie sich etwas nach vorn.

„Herr Serwowitsch, ich teile ihre Meinung das Felix nicht der Täter ist, aber weder sie noch ich können es beweisen. Die Faktenlage spricht derzeit noch immer eine andere Sprache. Ich hatte ja gehofft, mit Felix die Tathergänge etwas zu beleuchten, vor allen Dingen, herauszufinden, ob er ein oder mehrere Alibis für die fraglichen Zeiten hätte, aber er hat es ja vorgezogen, sich der Sache zu entziehen."

Bogdan Serwowitsch schob seine noch unberührte Kaffeetasse in die Mitte des Tisches, erhob sich und trat an das große Fenster, das direkt zur Bahnhofstraße hinaus ging. Er schwieg eine Weile, auch Kate sagte nichts.

Schließlich drehte er sich um, setzte sich etwas auf den breiten Fensterstock und sah sie an.

„Mein Vater ist seit über dreißig Jahren tot. Er hat schwer, sehr schwer gearbeitet, aber selbst einen sehr bescheidenen Wohlstand konnte er uns nicht bieten.

Wir hatten ja nichts, als wir hier her nach Deutschland kamen. Er starb an Krebs, sehr schnell, fast möchte ich sagen, Gott sei Dank. Ich war allein verantwortlich für meine Mutter. Vielleicht waren meine Geschäfte nicht immer legal, aber ich verdiente gutes Geld und ich konnte vor allen Dingen meiner Mutter ein schönes Alter bereiten. Sie sprach kaum Deutsch. Trotzdem ging sie gern in die Stadt, einfach um zu schauen. Ich sorgte dafür, dass sie immer Geld im Haus hatte, aber sie gab es nicht aus. Eines Tages wurde sie auf dem Heimweg von ein paar Jugendlichen überfallen. Sie wollte ihnen ihre Tasche, die nicht viel Bargeld enthielt, nicht geben. Es kam zur Rangelei, sie stürzte und schlug mit dem Kopf auf der Bordsteinkante auf. Die Jugendlichen rannten weg, aber einer kam zurück. Er half meiner Mutter auf und brachte sie nach Hause, die Adresse konnte sie ihm sagen. Sie nahm ihn mit in ihre Wohnung, trotz der Erfahrung, die sie eben gemacht hatte und rief auch nicht die Polizei. Sie hatte einige Wertsachen und reichlich Bargeld in der Wohnung, immer offen daliegend, für jeden sichtbar. Aber der junge Mann kümmerte sich um ihre Wunde, rief mich auf ihr Bitten hin an und blieb sitzen, bis ich kam."
Kate nahm einen Schluck aus ihrer Kaffeetasse, stellte sie zurück und sah Bogdan Serwowitsch an.
„Lassen sie mich raten, der junge Mann war Felix Bauer?"
Serwowitsch nickte. „Ja. Das Leben hat es nicht besonders gut mit ihm gemeint. Vater Alkoholiker,

Mutter ständig wechselnde Lebenspartner."

Er löste sich langsam vom Fensterbrett und blieb kurz vor Kate stehen.

„Wissen sie, Frau Schulz, wir waren zwar arm, aber ich hatte liebevolle Eltern. Felix nicht. Darum wollte ich ihm helfen."

Kate nickte. Es war das erste Mal, dass Bogdan Serwowitsch etwas persönliches von sich erzählte und sie war sich sicher, dass das ein besonderer Vertrauensbeweis war. Schließlich wandte er sich ab.

„Ich versuche ihn zu finden und bis dahin wäre ich ihnen dankbar, wenn sie ein paar Fakten zusammentragen könnten, die seine Unschuld beweisen."

Er nickte Kate zu und verließ das Büro.

Sinnend sah Kate ihm nach. Wenn das nur so einfach wäre, entlastende Beweise zu finden.

Kapitel 15

Mike hob den Kopf, als Marianne Jäger eintrat.
„Und?", fragte er und sie nickte. „Frieder hat Frau
Weinhold angetroffen und sie hat sich bereit erklärt,
wenn auch zögernd, gleich mit ihm herzukommen.
Ich denke, sie treffen in wenigen Minuten ein."
Aufgrund der derzeitigen Situation und das ihr
Hauptverdächtiger noch immer unauffindbar war,
hatte der Staatsanwalt grünes Licht gegeben, dass die
Notaufnahme den Namen jener jungen Frau heraus-
geben musste, die vermutlich das erste Opfer des sogenannten Würgers war. Sie hatte es abgelehnt das
die Polizei involviert wurde, da sie ihren stalkenden
Exfreund vermutete.
Es war nur der Schwester der Notaufnahme zu verdanken, die Polizeiobermeister Rudi Müller seit vielen Jahren kannte und ihm gegenüber ihre Befürch-
tungen mitgeteilt hatte. In diesem Moment klopfte es
und Polizeianwärter Frieder Lein trat mit einer zierli-
chen Brünetten ein, die ihm nur zögerlich folgte.
Mike erhob sich und trat hinter dem Schreibtisch hervor.
„Frau Weinhold? Ich bin Hauptkommissar Köhler
und das ist meine Kollegin, Kommissarin Jäger."
Er deutete auf die kleine Sitzgruppe. „Bitte, nehmen
sie doch Platz. Kaffee? Mineralwasser?"
Die junge Frau glitt auf einen der Stühle.
„Wasser bitte", sagte sie leise und sah sich nach Frieder um, der unschlüssig im Raum stand.

Scheinbar hatte sie zu ihm Vertrauen gefasst und befürchtete nun, dass er ging. Marianne Jäger deutete ihm, ebenfalls Platz zu nehmen. Dann setzen sie und Mike sich zu ihnen. „Frau Weinhold, sie…"

„Celine", sagte sie. „Bitte, nennen sie mich Celine."

Mike nickte. „Gut, Celine. Sie wurden in der Nacht vom siebenten zum achten Februar diesen Jahres in der Nähe der Trögertreppe überfallen und am Hals gewürgt. Stimmt das?"

Die junge Frau holte tief Luft, dann sah sie Mike an. „Ja. Und ich wollte keine Anzeige erstatten."

Es klang vorwurfsvoll. Mike wechselte einen kurzen Blick mit Frieder, der etwas nickte.

„Herr Lein hat ihnen doch bereits erläutert, dass wir einen staatsanwaltlichen Beschluss hatten, ihren Namen und ihre Adresse in der Notaufnahme zu erfragen?"

Celine Weinhold nickte zögerlich.

„Sie haben vielleicht davon gehört, dass mehrere junge Frauen überfallen wurden und eine von ihnen zu Tode kam?"

Ein schneller Blick der jungen Frau traf ihn, dann sah sie auf ihre Hände, die sie die ganze Zeit knetete.

„Ja, schon. Aber das hatte doch nichts mit mir zu tun."

Mike sah sie mit hochgezogener Augenbraue an.

„Ach, dann haben sie den Täter also erkannt? Sie sind sich zu einhundert Prozent sicher, dass es ihr ehemaliger Freund war?"

Er sah, wie sie hastig schluckte.

„Naja, erkannt nicht. Es war ja dunkel und er kam von hinten und…"

Sie brach ab und nahm einen Schluck des Mineralwassers. Marianne Jäger beugte sich etwas nach vorn.

„Warum sind sie sich so sicher, dass es ihr Ex-Freund war? Sie haben ihn nicht gesehen. War es etwas anderes, was sie an ihn erinnert hat, der Geruch, hat er etwas gesagt? Eine typische Bewegung vielleicht?"

Die junge Frau wandte sich der Kommissarin zu. Wie meist war es Marianne Jägers mütterliche Art, die die Situation etwas entspannte.

„Er kam aus der Dunkelheit und hat mir die Hände um den Hals gelegt, wortlos und zugedrückt. Ich wollte ihn kratzen, aber da hatte ich nur Gummi in der Hand."

„Gummi?", fragte Mike nach.

Die junge Frau nickte. „Ja, so Gummihandschuhe, wie man sie zum Saubermachen anzieht."

Marianne und er wechselten einen kurzen Blick.

„Und dann sind sie bewusstlos geworden?"

Celine Weinhold nickte stumm. Marianne Jäger beugte sich noch näher an sie heran.

„Hat ihr Freund sie im Vorfeld schon bedroht?"

Sie atmete tief ein. „Als… als wir noch zusammen waren, eigentlich nicht. Er war manchmal ziemlich unbeherrscht und hat auch mal herumgebrüllt, aber die Hand ist ihm nie ausgerutscht. Trotzdem, ich mochte ihn und war ziemlich fertig, als er von heute auf morgen Schluss gemacht hat."

Mike sah sie verwundert an.

„Nicht sie haben die Beziehung beendet?"

Sie schüttelte den Kopf. „Nein, darum war ich ja so erstaunt, dass nach so langer Zeit plötzlich erst Emails bei mir auftauchten. Ich solle mich ja mit keinem Kerl sehen lassen, er würde mich beobachten und so weiter. Er war scheinbar eifersüchtig. Dann hat er mich über WhatsApp ständig kontaktiert, auch über Facebook Nachrichten geschickt. Erst habe ich es ignoriert, schließlich habe ich ihm geschrieben, er soll das unterlassen, aber dann wurde es erst richtig schlimm. Er hat mir Dinge zugeschickt, erst Blumen, kleine Geschenke und als ich nicht reagierte, kamen gemeine und eklige Sachen. Eine tote Ratte zum Beispiel."

Marianne Jäger ergriff ihre Hand. „Warum haben sie ihn nicht angezeigt, Celine?"

Die junge Frau schien dankbar über die Berührung zu sein.

„Er hat mir gedroht, er bringt mich um, wenn ich das tue. Ich habe mich mit einer Freundin unterhalten, der ist etwas ähnliches passiert. Sie hatte den Kerl angezeigt und am Ende wurde das Verfahren eingestellt."

„Trotzdem hätten sie es tun sollen", rügte Marianne sie sanft, aber Celine schüttelte langsam den Kopf.

„Vielleicht, aber. Naja, ich dachte, er hört wieder damit auf und anfangs dachte ich auch, er tut es, weil er mich noch liebt."

Mike musterte die junge Frau.

„Noch liebt", dachte er und seufzte innerlich.

Leider war Celine Weinhold der Prototyp für ein Opfer. Naiv und scheinbar wenig selbstbewusst, zog sie solche Kerle an, die mit der schüchternen, jungen Frau ihre Spielchen treiben konnten, in der Hoffnung, dass sie nie die Energie besitzen würde, vehement gegen sie vorzugehen. Sie hatte wirklich geglaubt, diese Zudringlichkeiten seien ein Beweis der Liebe. Einer Liebe, die wahrscheinlich nur von einer Seite, nämlich der ihren, vorhanden war.

Er sah wieder zu Marianne, die noch immer die Hand der jungen Frau berührte. „Aber jetzt. Jetzt können sie ihn doch anzeigen?"

Celine Weinhold zog ihre Hand zurück und sah zwischen Mike, Frieder und Marianne hin und her. Sie wirkte wie ein Kaninchen, das sich von einer Meute an Jagdhunden umstellt sieht.

Schließlich schüttelte sie den Kopf. „Nein, das möchte ich nicht. Sie können mich auch nicht zwingen."

Letzteres klang nicht sehr überzeugt.

„Naja, der Herr Hauptkommissar könnte eine Beugehaft anordnen lassen und ich glaube, der Staatsanwalt wäre offen für den Vorschlag", ließ sich plötzlich Frieder vernehmen und der junge Kriminalanwärter wirkte sehr resolut.

Marianne und Mike waren sprachlos über diesen hanebüchenen Unsinn, aber noch ehe sie etwas sagen konnten, sah Celine zu Marianne hin.

„Wirklich?", fragte sie ängstlich, scheinbar schien sie

119

Frieders Aussage zu glauben.

„Nun ja", begann Marianne Jäger und Mike vermutete, dass sie mit ihrer Beherrschung kämpfte.

„Es muss ja nicht zum Äußersten kommen", grätschte er ein und vermied es, dabei Frieder anzusehen.

Die junge Frau senkte den Kopf.

„Also gut", flüsterte sie kaum hörbar.

Mike nahm aus dem Augenwinkel wahr, wie Frieder Leins Augen aufblitzten. Er würde ihm nachher die Leviten lesen. Nicht auszudenken, wenn die junge Frau draußen solche Dinge herumerzählen würde.

Celine Weinhold richtete sich etwas auf.

„Sein Name ist Bauer, Felix Bauer."

Kapitel 16

„Und sie hat euch den Unsinn wirklich abgenommen?", fragte Kate, nachdem sie den ersten Schock verdaut hatte, nämlich das Felix Bauer der stalkende Exfreund dieser Celine Weinhold war.
Mike lächelte etwas zufrieden und trank einen Schluck Rotwein.
Mascha hatte neben ihm auf der Couch Position bezogen und stupste ihn jetzt mehrfach an, um zu zeigen, dass sie gekrault werden wollte.
„Ich konnte Frieder anschließend nicht einmal mehr den Marsch blasen, wie ich es geplant hatte, so baff war ich, als sie den Namen nannte."
Kate, die mit ihrem Tee ihm gegenüber Platz genommen hatte, atmete geräuschvoll aus.
„Aber damit habt ihr ihn trotzdem nicht."
Mike sah sie an.
„Du weißt wirklich nicht, wo er ist?"
Sie hob die Hand zu einem angedeuteten Schwur.
„Wirklich, keine Ahnung. Wenn ihn jemand aufspüren kann, dann Serwowitsch und wenn er ihn hat, dann geht er ihm definitiv nicht noch einmal durch die Lappen."
So richtig zufrieden wirkte Mike nicht.
„Und was macht Serwowitsch dann?"
„Ihm einen Anwalt stellen und über mich Beweise suchen lassen, die ihn entlasten. Aber er wird ihn nicht verstecken."
Kate wirkte sicher, was ihn einigermaßen beruhigte.

Es war nur ärgerlich, dass seine Leute nicht in der Lage waren, in Plauen und Umland diesen Bauer aufzuspüren, um ihn dann vielleicht vom Plauener Bordellkönig auf dem Silbertablett präsentiert zu bekommen.

„Lieber der Spatz in der Hand als die Taube auf dem Dach", sagte Kate und wie immer war Mike erstaunt, wie gut sie seine Gedanken zu lesen schien.

Dann beugte sie sich etwas nach vorn.

„Hast du wirklich geglaubt, ich wüsste, wo Felix Bauer ist und würde es dir nicht sagen?"

Mike rückte etwas unruhig hin und her, was Mascha zu einem protestierenden Miauen verleitete.

Kate schüttelte den Kopf.

„Also wirklich", sagte sie nur.

Ihr war anzusehen, dass sie enttäuscht war. Noch ehe er etwas erwidern konnte, brummte sein Smartphone und Mascha fuhr fauchend auf.

„Aua", sagte Mike und Kate sah, dass ein Blutstropfen an seiner Hand entlanglief.

Geistesgegenwärtig schnappte sie sich eine Serviette und drückte sie auf seine Hand. Mit der anderen Hand angelte er sein Smartphone aus der Tasche und hielt es ans Ohr. „Köhler?"

Während Kate die Serviette geschickt um seine Hand band, lauschte er angeregt und sagte schließlich: „Ich komme."

Er legte das Smartphone weg und sah Kate an.

„Danke."

Sie nickte nur wortlos und nahm ihre Teetasse. Als

sie an ihm vorbei wollte, griff er nach ihrer Hand.

„Entschuldige. Nein, ich glaube nicht, dass du mir so eine Information vorenthalten hättest."

Sie sah ihn an und lächelte schließlich.

„Schon okay", sagte sie und gab ihm einen Kuss auf die Wange. Dann deutete sie auf sein Smartphone.

„Einsatz?", fragte sie.

Er nickte und holte tief Luft. „Sie haben Felix Bauer."

Kate zog die Augenbrauen nach oben und räumte Mikes Weinglas weg.

„Prima, damit wart ihr also schneller als Serwowitsch, Glückwunsch. Dann kann er ja jetzt eure Fragen hoffentlich alle beantworten."

Mike erhob sich. „Das dürfte schwierig sein. Felix Bauer ist tot."

„Ich dürfte dich gar nicht mit an einen Tatort nehmen", sagte Mike bereits zum zweiten Mal, während Kate das Auto durch die dunkle Stadt lenkte.

„Und ich sage dir noch einmal, du hast etwas getrunken, weil du eigentlich keinen Dienst hast und ich fahre dich nur."

Mike stieß ein heiseres Lachen aus und starrte aus dem Fenster. Kate reagierte nicht und setzte den Blinker. Der Horizont zeigte flackernde Blautöne.

Im nächsten Moment bogen sie auf die Äußere Reichenbacher Straße ein und sahen die Polizei und Feuerwehrautos. Ein Rettungshubschrauber hob gerade ab, sein Einsatz wurde nicht mehr benötigt.

Mikes BMW war so bekannt, dass sie ohne irgendein Problem sofort die Straßensperre passieren konnten, um zumindest in den inneren Absperrkreis zu kommen. Kate stellte das Auto weit am Fahrbahnrand ab. Mike stieg aus und ohne zu fragen, stieg auch sie aus. Sie spürte, wie er etwas sagen wollte, schwieg aber.

Jetzt sahen sie den silbernen BMW von Felix Bauer, der auf dem Dach bis zum anderen Fahrbahnrand geschlittert war. Die Feuerwehr hatte ihn aufgespreizt, um den Schwerstverletzen zu bergen, aber noch während der Bergung war Felix Bauer seine schweren Verletzungen erlegen.

Inzwischen war auch die Spurensicherung eingetroffen und der Wagen eines Bestattungsinstitutes hielt hinter dem errichteten Sichtschutz.

Mike hob die Hand. „Erst noch kurz die Spurensicherung, meine Herrn", rief er den beiden Bestattern zu, die bereits einen Sarg aus dem Auto hieven wollten. Nickend schoben sie ihn zurück und traten an die Seite, um sich eine Zigarette anzuzünden.

„Wer hat die denn schon angerufen?", schimpfte Karsten Windisch und stapfte an den Feuerwehrleuten vorbei. Dessen Einsatzleiter schüttelte den Kopf. „Für uns sah das doch alles wie ein klarer Verkehrsunfall aus, in Folge überhöhter Geschwindigkeit. Der muss ordentlich Speed draufgehabt haben. Er ist frontal gegen die Blitzersäule gerauscht, hat sich überschlagen und ist erst dort drüben auf dem Dach zum Liegen gekommen. Als wir ihn endlich rausgeschnitten hatten, hat der Notarzt ihn noch versucht zu reanimieren, leider erfolglos. Erst durch die Kollegen von der Polizei haben wir erfahren, dass der Fahrer zu Fahndung ausgeschrieben ist."

Mike nickte und wollte gerade zum Leiter der Spurensicherung gehen, als der Einsatzleiter noch sagte: „Im Übrigen, angeschnallt war er nicht."

Dann wandte er sich ab und nickte Kate zu, die direkt zu ihnen getreten war.

„Mike", sagte sie leise. „Ich fahre dann wieder." Dieser sah sie an und runzelte kurz die Stirn.

„Ja, ja sicher. Wir werden hier noch eine Weile zu tun haben und ich lasse mich dann fahren."

Sie hob kurz die Hand und ging zum Auto.

Felix Bauer war nicht angeschnallt gewesen, äußerst seltsam, soviel Zufall.

Kapitel 17

Omar sah zu den beiden Frauen auf, die vor seinem Schreibtisch standen. Schließlich schüttelte er langsam den Kopf. „Wie kommt ihr eigentlich auf die Idee, dass ich euch bereits die Autopsieergebnisse sage, bevor Mike etwas davon erfährt?"

Jasmin schlenderte am Schreibtisch vorbei, nahm ihren karminroten Schal ab und schlang ihm Omar um den Hals. „Weil wir dich unter Androhung von Gewalt dazu gezwungen haben?"

Sie zog ihn langsam zu, während Omar nach hinten griff, sie nach vorn zog und auf den Mund küsste. Lachend schüttelte er wieder den Kopf und warf ihr den Schal zu. Dann sah er zu Kate, die mit einem kleinen drehen der Augen nach oben die Szene beobachtet hatte.

„Und du? Bringst du jetzt eine Waffe zum Einsatz?"

Sie zuckte die Schultern. „Ich habe einen Waffenschein und eine Waffe. Aber keine Angst, ich habe sie heute nicht mit dabei."

Jetzt drehte Omar die Augen nach oben und deutete den beiden sich zu setzen. Er seufzte fast schon theatralisch auf und legte die Hände flach auf die Schreibtischplatte.

„Also gut, auch auf die Gefahr hin das Mike mich lyncht. Felix Bauer war randvoll mit Drogen, aber…" Er hob die Hand, als Kate den Kopf hob, als sei sie auf einer Spur. „Ich konnte keine Fremdeinwirkung feststellen. Wie es aussieht, hat er sie selbst und wahrscheinlich auch freiwillig eingenommen."

Kate, die von Felix Bauer selbst erfahren hatte, dass er gelegentlich Cannabis konsumierte, sah Omar interessiert an. Er schien den Blick richtig zu deuten.

„Ein bunter Mix aus Kokain, Crystal und Haschisch. Wenn er sich damit nicht totgefahren hätte, wären seine Chancen, diese Dosis zu überleben, relativ gering gewesen."

Jasmin sah ihn an. „Glaubst du, es war ein Suizid?"

Omar zuckte die Schultern. „Könnte so gewesen sein, dann wollte er aber einhundert Prozent sicher gehen oder aber er hat sich im Drogenrausch ins Auto gesetzt und ist einfach losgebraust."

Er rieb sich mit der linken Hand am Ohrläppchen und sah zu Kate. „Obwohl, ich tippe eher auf die erste Variante. Das würde auch erklären, warum er nicht angeschnallt gewesen war."

Kate stand auf und klopfte leicht auf Omars rechte Hand, die noch immer auf dem Schreibtisch flach ausgestreckt war.

„Danke Omar. Wenn es wirklich so war, dann wird die Polizei eh die Ermittlungen einstellen. Felix Bauer ist als Täter überführt und man wird zu dem Ergebnis kommen, dass er, besonders unter dem Fahndungsdruck, Suizid begangen hat."

In diesem Moment läutete Omars Telefon. Er sah die Nummer und deutete den beiden Frauen mit einer Geste zu schweigen.

Dann sagte er: „Ja, Mike?"

Er hörte zu. Dann gab er im Prinzip genau das, was

er eben Kate und Jasmin gesagt hatte, nochmals wieder. Eine Weile war er still.

„Aha", sagte er nur und drückte auf seinen Laptop herum. „Hm, ich hab es. Gut. Das stützt also die Suizidtheorie. Okay. Tschüss."

Nachdem er aufgelegt hatte, drehte er den Laptop herum. Es war Felix Bauers Facebook Profil.

Leute, ich habe Scheiß gebaut, und zwar so gewaltig, dass ich nie wieder herausgekommen wäre. Es bringt nix mehr, es ist besser, ich lege einen ordentlichen Abgang hin.
Machts gut!

Omar drehte den Laptop wieder zu sich. „Tja, wie ich schon Mike sagte, dass stützt die Suizidversion."

Dann hob er den Blick, sah erst Jasmin an, die keine Miene verzog und schließlich Kate.

„Aber ihr zwei glaubt nicht an diese Version, habe ich recht?"

Kate hatte Jasmin an der Gottschaldstraße abgesetzt und fuhr in Richtung Neundorf. An der Endhaltestelle der Straßenbahn fuhr sie erst zwei Runden, ehe sie einen Parkplatz an der Liebknechtstraße ergatterte und dass, obwohl es erst später Vormittag war. „Seltsam, dass die Ermittler in den Filmen immer einen Parkplatz direkt vor dem Haus bekommen", dachte sie und überquerte die Straße.

An dem Haus, in dem Steven Neubauer wohnte, kam gerade eine junge Frau mit Kinderwagen aus der Haustür. Sie und Kate kannten sich vom Sehen und so hielt sie Kate gleich die Tür auf.

Diese lief die Stufen bis zum Dachgeschoss hinauf und beglückwünschte sich wieder einmal zu ihrer Fitness, sechs Stockwerke im Tempo nach oben zu joggen und kaum atemlos zu sein.

Auf ihr zweimaliges, intensives Klingeln öffnete Steven, reichlich zerzaust, in Jogginghose und T-Shirt die Tür. „Kate?", fragte er wenig originell, aber diese sah es ihm nach, da er um diese Zeit selten wirklich ansprechbar war.

Sie drängte an ihm vorbei in den Flur und nahm als erstes einen würzigen Kaffeegeruch wahr, eine absolute Ausnahme, da Steven Teetrinker war und seine Hightechkaffeemaschine allenfalls für sie in Betrieb setzte.

Dann warf sie einen Blick in den Wohnraum, wo am reichlich gedeckten Frühstückstisch eine junge Frau in einem übergroßen Shirt saß, das zweifelsohne Steven gehörte und ihr bis zu den Knien reichte.

Sie starrte Kate an, die mit einem lässigen: „Guten Morgen, Abby", so tat, als sei es das Normalste der Welt, ihre ehemalige Mitarbeiterin in diesem Aufzug bei Steven vorzufinden. Da dieser noch immer wie angewurzelt im Flur stand, wandte sich Kate um.

„Also, wenn noch eine Tasse Kaffee übrig wäre, würde ich nicht nein sagen."

Wie ferngesteuert setzte er sich in Bewegung und nahm einen Kaffeetopf aus dem Schrank, um ihn mit Kaffee und Milch zu füllen.

Schweigend reichte er ihn Kate, die sich in einen der Sessel setzte.

Abby, die sich von dem ersten Schock erholt hatte, stand auf, lächelte Kate zu und sagte: „Ich geh dann mal duschen", um umgehend im Bad zu verschwinden. Als das Rauschen des Wassers zu hören war, ließ sich Steven in den Sessel Kate gegenüber fallen. Diese grinste ihn an. „Na, was festes?", fragte sie und er grinste etwas verlegen zurück.

„Von meiner Seite gern, aber Abby…"

Er wedelte leicht mit der Hand in der Luft.

Kate zwinkerte ihm zu. „Nur nicht lockerlassen. Sie mag dich sehr, lass dir das gesagt sein."

Dann wurde sie ernst. „Ich brauche deine Hilfe."

Mit der ihr eigenen, kurzen Art erläuterte sie den Sachverhalt. Steven nahm sich seinen Laptop, während er Kate zuhörte und sah sich wahrscheinlich Felix Bauers Facebook Profil an.

Dann stellte er ihn zur Seite. „Wenn jemand auf seinen Computer Zugriff hat, könnte er faktisch diesen, im Übrigen echt grausig formulierten, Abschiedsbrief geschrieben haben und das, ohne irgendeinen fremden Abdruck zu hinterlassen."

Dann sah er Kate an. „Was willst du noch wissen?"

Sie erzählte ihm, dass in dem kurzen Gespräch mit Felix, er behauptet hatte, zu den meisten Tatzeiten zu Hause gewesen und Netflix geschaut zu haben."

Steven blies leicht die Wangen auf.

„Gut, das könnten wir anhand seines PC nachprüfen, aber als Beweis würde das nichts bringen. Wer weiß denn, ob er auch wirklich vor dem Bildschirm saß?"

„Aber mir würde es erst einmal weiterhelfen."

Steven sah sie intensiv an. „Und wie bitte soll ich an den PC rankommen?"

Kate schüttelte den Kopf. „Du gar nicht, höchstens ich. Du musst mir nur sagen was ich machen soll."

Steven grinste breit. „He, du willst einbrechen bei ihm?"

Kate hob die Hand. „Das muss dich nicht interessieren. Sag mir nur, was ich machen soll."

Immer noch grinsend stand Steven auf und holte einen sehr kleinen USB- Stick. „Also pass auf…"

„Manchmal muss man einfach Glück haben", dachte Kate, als sie durch das Hinterhaus auf einen Wäscheplatz trat, der zwar von zwei Häusern flankiert wurde, aber alle Fenster waren dunkel, was eigentlich auch um diese Zeit, es ging auf drei Uhr nachts, zu erwarten war.

Felix Bauers Wohnung an der unteren Lutherstraße lag im Erdgeschoss und verfügte über einen kleinen Balkon, den zu erklettern für Kate keine Hürde darstellte. Die Terrassentür selbst war zwar verschlossen, aber Bogdan Serwowitsch hatte ihr gesagt, dass Felix einen Schlüssel unter einem Aschebecher aufbewahrte, da er hin und wieder einmal seinen Wohnungsschlüssel vergaß.

Wieder Glück gehabt, der Schlüssel lag noch da. Kate schloss die Terrassentüre auf und schlüpfte in den Wohnraum. Sie schaltete die Lampe an ihrem iPhone an, das musste genügen.

Sie orientierte sich schnell, auch dank der Tatsache, dass die Wohnung mit ihren zwei Zimmern recht übersichtlich war.

Der PC von Felix Bauer stand neben dem großen Fernseher, über den er dann wohl seine Netflix Filme oder Games abspielte.

Sie fuhr den Computer hoch und nutzte die Zeit sich noch etwas umzusehen. Dabei entdeckte sie auf einem Sideboard das gleiche Foto, dass sie auch bei Romy gesehen hatte. Felix und Romy am Strand und sie hielt eine Muschel in der Hand, während er fest den Arm um sie gelegt hatte.

Kate schüttelte den Kopf. Angeblich hatte sie mit Felix Schluss gemacht, er stalkte sie, aber beide hatten die Bilder noch aufgestellt. Seltsam.

Sie wandte sich dem PC zu, der glücklicherweise nicht Passwortgeschützt war. Also musste sie Steven nicht anrufen. Sie steckte den Stick in die USB-Buchse und drückte genau die Tasten, die Steven ihr gesagt hatte.

Es dauerte wirklich nicht länger als ein paar Minuten, dann deutete ein leiser Ton an, dass das Programm geladen war und sie den Stick abziehen konnte.

Sie versetzte den PC in den Ruhemodus und ging wieder hinaus auf die Terrasse.

Gerade hatte sie die Tür abgeschlossen und den Schlüssel wieder unter den Aschebecher zurückgelegt, als sie hörte, wie eine andere Tür geöffnet wurde. Schräg oben ging eine Beleuchtung an.

„Mist", murmelte sie und duckte sich.

Der schmale Stuhl gab ihr nicht genügend Deckung, aber sie war dunkel gekleidet und so war ihre Chance, vielleicht doch unentdeckt zu bleiben, noch ganz gut.

Sie sah die schmale Silhouette eines Mannes im gestreiften Bademantel, der sich umständlich eine Zigarette anzündete und hastig die ersten Züge nahm.

Das hatte einen Hustenanfall zur Folge.

Schließlich gab er ein erbärmlich klingendes Geräusch von sich, gefolgt vom heftigen Räuspern und hochziehen von Schleim.

„Toll", dachte Kate nur, als sie hörte, wie ein

Schleimpfropf über die Brüstung gespuckt wurde und auf dem Beton des Wäscheplatzes aufkam.

Sie musste aufpassen, dort nicht gerade hineinzutreten. Es dauerte noch ein paar Minuten mit abwechselnden Hustenattacken, bis die Balkontür geschlossen und kurz darauf das Licht gelöscht wurde.

Kate wartete noch eine Weile in ihrem unbequemen Versteck in Sorge darüber, dass die Geräuschkulisse des Rauchers Nachbarn geweckt haben könnte. Aber entweder hatten diese einen tiefen Schlaf oder waren daran gewöhnt. Jedenfalls zeigte sich niemand, alles blieb dunkel.

Sie erhob sich und glitt geschmeidig über die Brüstung. Um den Wäscheplatz machte sie, aus verständlichen Gründen, einen kleinen Bogen.

Dann trat sie wieder durch den Durchgang des Hintergebäudes hinaus auf die Straße.

Als sie die Gestalt sah, die neben der Straßenlaterne stand, zuckte sie automatisch zusammen.

„Das herauszubekommen, war ja nun wirklich keine Meisterleistung", brummte Mike, als sie neben ihm zu seinem Auto ging.

Sie hatte ihr Auto in der Garage gelassen, denn das Wegfahren hätte ihn mit Sicherheit sofort geweckt. Also war sie zu Fuß aufgebrochen und hatte den Weg faktisch als nächtliche Joggingrunde gesehen.

Sie war ja in der Hoffnung gewesen, genauso unbemerkt wieder zurück zu ihrem Haus zu kommen.

War aber nicht so.

Mike trat an die Beifahrertür und hielt sie auf.

„Bitte einsteigen."

Sie lehnte sich an den Rahmen, ohne seiner Aufforderung nachzukommen. „Willst du mich festnehmen?"

Mike stieß ein Schnauben aus. „Vielleicht sollte ich es tun, wegen nächtlichen Einbruchs in die Wohnung eines Tatverdächtigen."

Kate schüttelte langsam den Kopf. „Die Wohnung von Felix Bauer war nicht polizeilich versiegelt und außerdem bin ich nicht eingebrochen. Der Schlüssel zur Terrassentür liegt unter einem Ascher. Mit eben diesem habe ich die Tür aufgeschlossen. Keine Einbruchspuren."

Mike lehnte sich neben sie.

„Und woher wusstest du, wo der Schlüssel lag?"

Er klang jetzt zumindest etwas weniger ärgerlich.

„Von Serwowitsch. Felix hat es ihm gegenüber wohl mal erwähnt, weil er ständig seine Schlüssel vergaß." Sie sah Mike von der Seite an. „Und wenn es Serwowitsch wusste, konnte es theoretisch auch jemand anderes wissen."

Mike klopfte an den Rahmen des Autos und ging auf die Fahrerseite. „Steig ein", sagte er noch einmal, ohne auf ihre Bemerkung von eben einzugehen.

Kate spielte einen Augenblick mit dem Gedanken die Tür ins Schloss zu werfen und zurück zu laufen, fand es aber eine reichlich alberne Reaktion. Also ließ sie sich auf den Beifahrersitz fallen und schnallte sich an. Mike fuhr los. In diesem Moment fiel ihr ein, dass er sie noch gar nicht gefragt hatte, was sie eigentlich in der Wohnung von Felix Bauer wollte.

Nachdem sie schweigend die Kreuzung Bahnhof-Friedensstraße erreicht hatten, sagte Mike plötzlich: „Wenn ihr etwas herausfindet, also Steven und du, lässt du es mich wissen?"

Er amüsierte sich innerlich über Kates Reaktion, die ihn sprachlos von der Seite anstarrte. Nach außen gab er sich betont ruhig.

Er wandte ihr langsam den Kopf zu.

„Ob du es glaubst oder nicht, aber auch ein schlichter Plauener Hauptkommissar kann sich in die Strategien einer ehemaligen FBI Agentin hineinversetzen."

Als er ihrem Blick begegnete, begann er zu grinsen und Kate lachte schallend los.

„Touché", sagte sie nur und drückte ihre Hand auf seinen Oberschenkel. „Das verspreche ich dir."

Kate saß in ihrem Büro und war mehr als unzufrieden. Steven hatte sie vor einer Viertelstunde angerufen.

„Es ist schon so wie ich es gesagt habe. Er hat an zwei der betreffenden Abende und gerade an dem Abend als Romy umgebracht wurde, Netflix geschaut. Aber das ist kein Beweis. Auch sein Smartphone war die ganze Zeit in der Wohnung, aber das konnte er einfach zu Hause gelassen haben."

Kate hatte ihn nicht gefragt, wie er an diese Daten gekommen war. Das war bei Steven einfach besser so. Also hatte sie ihm zwar zähneknirschend, aber ehrlich gedankt.

Ihr nächtlicher Ausflug in Bauers Wohnung war damit umsonst gewesen, auch wenn sie selbst immer mehr davon überzeugt war, dass Felix Bauer nicht der Würger gewesen sein konnte. Im rechtlichen Sinne sprach alles gegen ihn. Die Spurenlage, seine fehlenden Alibis und sein Suizid inklusive Schuldbekenntnis. Sie hatte einfach nur dieses Bauchgefühl, dass das alles zu stimmig war.

Als erstes hielt sie ihr Versprechen und rief Mike an, um ihm zu sagen, was Steven herausgefunden hatte. Ihn schien es nicht sonderlich zu erstaunen.

Dann wählte sie Holgers Nummer. Sie hatte ihn seit einigen Tagen auf Celine Weinhold angesetzt, die Exfreundin von Felix Bauer.

„Jeden Tag bisher das gleiche, nach der Arbeit geht sie noch einen Kaffee trinken, unten im ehemaligen Warenhaus. Dort sitzt sie bis siebzehn Uhr, dann geht sie heim. Scheint nicht sehr viele Kontakte zu haben."

Kate sah auf ihre Uhr. Gleich sechzehn Uhr.

„Ist sie jetzt auch da?"

Holger bestätigte es.

„Gut, dann mach Feierabend. Ich gehe runter und rede mit ihr."

Wie Holger gesagt hatte, saß Celine Weinhold im Café Forbriger, direkt am Fenster und trank einen großen Milchkaffee. Kate trat ein und steuerte sofort auf den Tisch zu. „Hallo, ist noch frei?"

Die junge Frau hob etwas irritiert den Kopf, sah sich um, wagte aber scheinbar nicht abzulehnen und darauf zu verweisen, dass noch einige Tische leer waren. Kate schlüpfte aus ihrer Jacke, legte sie über die Sessellehne und nahm Platz.

„Danke", sagte sie und schenkte ihrem Gegenüber ein strahlendes Lächeln, das scheu erwidert wurde.

„Sie müssen vorn bestellen", wies Celine sie nach einer Weile auf die Gegebenheiten hin.

„Oh", machte Kate, stand auf und orderte einen Cappuccino.

Als sie sich wieder zu Celine Weinhold setzte, sagte sie: „Ich weiß, es ist hierzulande immer noch so ein no go sich einfach zu jemand an den Tisch zu setzen, aber ich kann alte Gewohnheiten einfach nicht ablegen."

Die junge Frau hob den Kopf. „Sind sie keine Deutsche?", fragte sie skeptisch und Kate lächelte.

„Doch. Ich habe die deutsche und die amerikanische Staatsbürgerschaft, aber habe die meiste Zeit meines

Lebens in den Staaten verbracht."

Jetzt hatte sie das uneingeschränkte Interesse ihres Gegenübers. „Und was hat sie dann nach Plauen verschlagen?"

Kate nippte kurz an ihrem Cappuccino. Nun ja, er war überraschender Weise mehr als trinkbar, sogar richtig gut, wie sie feststellte.

„Plauen ist meine Heimatstadt. Hier bin ich geboren und aufgewachsen."

Celine Weinhold nickte etwas. „Ist das nicht eine riesige Umstellung? Ich meine, auch arbeitstechnisch?"

„Nun", sagte Kate und lehnte sich etwas zurück. „Ich habe in Amerika beim FBI gearbeitet und jetzt bin ich selbständig."

Ein skeptischer Blick traf sie wieder. Scheinbar hielt die junge Frau die Option, mit einer FBI Agentin in Plauen an einem Tisch zu sitzen, schlicht für unwahrscheinlich.

„Sie sind Celine Weinhold, nicht wahr?"

Ein erschreckter Blick traf sie.

„Woher...?", stammelte die junge Frau und sah sich instinktiv nach einem Fluchtweg um.

„Sie sind die Exfreundin von Felix Bauer. Wissen sie, dass er tot ist?"

Die junge Frau schluckte, senkte den Blick und nickte. Zumindest war die Gefahr, dass sie fluchtartig das Café verlassen würde, für den Augenblick gebannt. Kate lehnte sich etwas nach vorn.

„Ich weiß das sie ihn sehr mochten, trotz allem."

Sie schwieg und ließ der jungen Frau Zeit sich zu

sammeln.

Diese holte tief Luft und sah Kate direkt an.

„Als sie gerade sagten, sie sind jetzt selbständig, was machen sie?"

„Ich habe eine Detektei, gleich hier oben. Schulz Security."

Kate deutete mit der Hand die Bahnhofstraße hinauf. Scheinbar hatte die junge Frau schon von ihr gehört, denn sie nickte.

„Felix Arbeitgeber hatte mich beauftragt, Indizien zu seiner Entlastung zu suchen, aber das ist ja jetzt hinfällig", fuhr Kate fort. „Es ist also reines Interesse meinerseits. Die junge Frau, die getötet wurde, sie war meine Mitarbeiterin."

Celine riss die Augen auf und starrte Kate an.

„Das, das tut mir leid", stammelte sie.

Dann holte sie hörbar Luft. „Trotzdem, ich kann mir nicht vorstellen, dass Felix das gewesen sein soll. All die jungen Frauen gewürgt und ausgeraubt und eine sogar umgebracht."

Kate nickte. „Sehen sie und ich kann es mir auch nicht vorstellen. Aber leider spricht alles gegen ihn."

Celine nahm den Löffel und rührte gedankenverloren in ihrem Kaffeepott. Dann legte sie ihn weg.

„Ich kann mir auch nicht vorstellen, dass er sich umgebracht hat. Das passt nicht zu Felix."

„Wie hat es eigentlich angefangen, also, als er sie dann gestalkt hat?"

Es war Celine anzusehen, dass ihr das Thema unangenehm war, aber sie stellte sich ihm.

„Nachdem wir uns getrennt hatten, habe ich monate-
lang nichts von ihm gehört. Ich war wie vor den Kopf
geschlagen als es aus war zwischen uns. Wissen sie,
Felix war…"
Sie schluckte und sah dann Kate an.
„Er war meine große Liebe. Ich hätte alles für ihn ge-
tan. Ich habe seine Launen ertragen, seine komischen
Freunde, seine seltsamen Jobs."
Kate sah sie intensiv an. „Hat er sie geschlagen, Ce-
line?"
Diese schüttelte sofort den Kopf.
„Ich weiß, dass er deswegen Ärger hatte. Aber er hat
nie die Hand gegen mich erhoben, nie."
Kate glaubte ihr.
„Deswegen kam es ja auch so überraschend für mich,
dass er Schluss gemacht hat, Knall auf Fall. Es wäre
langweilig mit mir. Das war seine Begründung."
Celine schüttelte den Kopf und trank einen Schluck
von ihrem sicher inzwischen kalten Kaffee.
Gern hätte Kate einen neuen geholt, hatte aber Angst,
den Gesprächsfaden abreißen zu lassen. Für einen
Augenblick dachte sie daran, dass Celine Weinhold
auch aus Rache die ganze Stalkinggeschichte erfun-
den haben könnte, um ihren Ex zu schaden, aber sie
kam wieder davon ab. Irgendetwas an der jungen
Frau wirkte sehr authentisch.
„Ich war gerade ein bisschen darüber hinweg, da begann er mir diese Mails zu schicken. Wenn er mich je
mit einem anderen erwischen würde und solche Sachen."

„Warum haben sie ihn nicht angerufen?"

Celine sah auf. „Ich hatte nur seine alte Nummer. Und dann kamen Briefe, jeden Tag fast einer."

„Haben sie die noch?"

Celine Weinhold nickte. „Ja, meine Freundin riet mir, sie aufzuheben."

Kate ließ sich zurückfallen. „War es seine Handschrift?"

Die junge Frau warf ihr einen irritierten Blick zu.

„Was? Nein, sie waren alle mit Computer geschrieben. Nicht mal unterschrieben, nur, *du weißt von wem,* stand da."

Kate dachte kurz nach. „Haben sie das der Polizei gesagt?"

Es fiel Celine Weinhold gar nicht auf, dass Kate wusste, dass sie bei der Polizei gewesen war.

„Das haben sie mich gar nicht gefragt", sagte sie schließlich und sah Kate verwirrt an. „Hätte ich das sagen sollen?"

Kate winkte ab, als sei das nebensächlich.

„Was hat er noch gemacht?"

„Er hat mich über Facebook beschimpft, mir WhatsApp geschrieben und dann kamen wieder Geschenke, ganz liebevoll und im nächsten Moment Beleidigungen und Drohungen. Als ich ihm geschrieben habe, er soll das lassen, hat er mir eine tote Ratte in den Briefkasten gesteckt."

Kate sah, wie die junge Frau sich schüttelte. Das war richtiger Psychoterror und wer immer das auch getan hatte, wusste, dass sich Celine Weinhold nicht wehren würde.

„Aber er hat sie nie persönlich bedroht oder verfolgt?", fragte sie nochmals nach.

Celine Weinhold schüttelte den Kopf. „Darum habe
ich ihn doch auch nicht angezeigt. Ich hatte keinen
richtigen Beweis, nur anonyme Drohungen, immer
mit diesem *du weißt von wem.*"

Kate nickte. Dann erhob sie sich. „Danke Celine, dass
sie ehrlich zu mir waren."

Die junge Frau sah zu ihr hoch. „Konnte ich ihnen
helfen, ich meine…"

Kate stützte sich mit beiden Händen auf die Stuhllehne. Sie überlegte seltsamerweise dieses Mal nicht
lange, was und wieviel sie ihr sagen konnte.

„Celine, ich glaube nicht, dass es Felix war der sie bedroht hat. Es war jemand, der seine Identität angenommen hat. Jetzt hoffe ich nur, dass ich das auch beweisen kann."

Sie reichte der jungen Frau die Hand, die diese zögerlich ergriff.

„Wenn sie es beweisen konnten, ich meine, dass es
wirklich nicht Felix war, würden sie es mir sagen?"

Kate lächelte sie an. „Das verspreche ich ihnen, Celine."

Kapitel 18

„Ich habe den Eindruck, meine gesamten Ermittlungen finden in irgendwelchen Cafés statt", sagte Kate zu Jasmin, als sie das Café Heinz an der Jößnitzerstraße betraten.

„Naja, so kann man ja wenigstens das nützliche mit dem angenehmen verbinden", antwortete diese und sah sich nach einem Platz um.

Da es früher Nachmittag war, waren die Plätze, bis auf ein älteres Ehepaar, noch unbesetzt.

Eine Kellnerin im mittleren Alter kam sofort, nachdem sie sich gesetzt hatten. „Die Kuchenauswahl", sagte sie und reichte ihnen eine schmale Karte. Kate warf nur einen kurzen Blick darauf. „Wir hätten gern erst einmal zwei Kännchen Kaffee", sagte sie.

Die Kellnerin nickte und ging. Kurz darauf kehrte sie mit den Kännchen zurück und warf wieder einen auffordernden Blick auf die Kuchenkarte.

„Und? Haben sie etwas gefunden?"

„Wir nehmen die Dresdner Eierschecke", sagte jetzt Jasmin. Die Frau eilte weg, um diese ebenso schnell wie den Kaffee zu servieren.

„Danke." Kate lächelte sie an und beugte sich etwas nach vorn. „Hätten sie einen Moment Zeit?"

Die Kellnerin runzelte leicht die Stirn, aber dann nickte sie. Kate schob ihr ihre Visitenkarte über den Tisch, auf die die Kellnerin einen Blick warf und dann die beiden Frauen erstaunt musterte.

Kate legte ein Bild von Romy Sommer neben die

Karte. „Kennen sie die junge Frau?"

Die Kellnerin sah sich zu dem Ehepaar um, das in ein Gespräch vertieft war und setzte sich auf die Kante des Stuhls Jasmin gegenüber.

„Ja, sie kam oft zu uns, meist ein oder zwei Mal die Woche. Sie wohnte ja gleich da drüben."

Sie deutete aus dem Fenster Richtung Park.

„Das arme Ding. Sind sie auf der Suche nach dem Verrückten der das war? Also mir hat ja jemand gesagt, der hätte sich totgefahren, als..."

„Frau...", unterbrach Kate sie und die Kellnerin ergänzte. „Porst, Elke Porst."

Kate lächelte. „Also, Frau Porst. Kam Romy immer allein, oder auch einmal in Begleitung?"

Die Kellnerin sah sich schnell wieder zu den anderen Gästen um, aber diese schienen keinen Bedarf zu haben. Dann lehnte sie sich etwas weiter über den Tisch. „Eine ganze Weile kam sie mit einem netten jungen Mann her. Ich dachte schon, es wird etwas Festes, das hätte mich gefreut."

Elke Porst lächelte etwas verträumt. Dann räusperte sie sich. „Aber dann kam sie immer allein. Ich habe sie auch einmal gefragt, aber sie wollte wohl nicht darüber reden. Er hatte wohl mit ihr Schluss gemacht, dachte ich mir so."

Kate fuhr etwas auf. „Aber jetzt denken sie es nicht mehr?"

Die Frau zuckte die Schultern. „Sie war ja noch mal hier mit ihm, das ist noch gar nicht so lange her. Also, er war schon da und sie kam dazu. Ich dachte schon, sie hätte den anderen Kerl endlich abserviert, der passte ja so gar nicht zu ihr."

Kate zog zwei weitere Fotos aus ihrer Tasche und legte sie hin. „Sprechen sie von diesen beiden?"

Elke Porst nickte. Sie tippte auf das Bild von Felix Bauer. „Mit dem kam sie ein paarmal her. Also mein Typ wäre das ja nicht, tätowiert und auch so."

Sie schüttelte geradezu angeekelt den Kopf.

„Hatten sie einmal Streit hier, also Romy und dieser junge Mann?"

Die Kellnerin wog langsam den Kopf hin und her.

„Nein. So großspurig er auch rüberkam, mit ihr ging er, zumindest hier, richtig nett um. Und sie, sie schien sich bei ihm…" Sie zögerte eine Weile, als suche sie die richtigen Worte.

„Sagen sie einfach, wie sie es empfunden haben", ermutigte Kate sie.

Die Frau nickte. „Sicher. Sie hat sich bei ihm sicher gefühlt, so habe ich es empfunden."

Jasmin strahlte sie an. „Sie haben eine ausgezeichnete Beobachtungsgabe, Frau Porst."

Diese lächelte geschmeichelt. „Naja, wenn man so lange wie ich als Bedienung arbeitet, muss man die Menschen schon einschätzen können. Da gibt es Typen, sage ich ihnen."

„Das glaube ich", ließ Jasmin den Faden nicht abreißen.

Jetzt übernahm Kate. „Und wenn sie an das letzte Treffen mit dem anderen jungen Mann denken, was würde ihnen da spontan einfallen?"

Elke Porst sah sie an. „Sie fühlte sich nicht wohl mit ihm."

Jasmin und Kate warfen sich einen Blick zu.

„Sie sagten, er war schon da als sie kam?", fragte letztere nach.

Die Kellnerin nickte. „Ja, er saß schon eine gute halbe Stunde da, hatte zwei Kaffee und ein Mineralwasser, da kam sie herein. Sie wirkte zögerlich, aber er strahlte sie an, sprang auf und half ihr aus der Jacke. Also, ich finde es ja charmant, wenn auch ein junger Mann so etwas noch tut." Sie schwieg kurz, merkte aber, dass sie vom Thema abwich. „Naja, sie setzte sich also und ich brachte ihr einen Espresso, wie immer und sie wollte gleich zahlen, aber er lehnte das ab. Das war ihr scheinbar unangenehm, aber sie wollte vor mir sicher nichts sagen. Ich musste dann weiter bedienen, es war ein ziemlicher Betrieb."

„Sie haben also nicht gehört, was die beiden erzählt haben?"

Jasmins Enttäuschung war deutlich zu hören. Bedauernd zuckte Elke Porst die Schultern.

„Nein, aber als ich wieder etwas Luft hatte, war die junge Frau weg und er hat bezahlt."

„Und wie hat er da auf sie gewirkt?"

Die Kellnerin dachte nur kurz nach. „Eigentlich völlig unbeeindruckt. Er hat mir fast etwas leidgetan, wenn ich jetzt so drüber nachdenke."

Das ältere Ehepaar signalisierte zahlen zu wollen und Elke Porst sprang auf.

Mike schüttelte den Kopf.

„Kate, ich muss dir das doch nicht sagen, dass wir keine Ermittlungen gegen Florian Seidel aufnehmen können, nur weil eine Kellnerin den Eindruck hatte, Romy Sommer würde sich in seiner Gegenwart nicht wohlfühlen."

„Aber er hat dich belogen. Nicht sie, sondern er hat sie in das Café bestellt", fiel Jasmin ein.

Mike schüttelte wieder den Kopf. „Glaubt ihr. Aber ihr könnt es genau so wenig beweisen, wie ich es könnte. Gewöhnt euch einfach an den Gedanken das es doch dieser Bauer war."

Sie hatten sich an diesem Vormittag in Kates Büro getroffen und auch Mike war mit dazugekommen. Immerhin war für ihn der Fall jetzt abgeschlossen, die Sonderkommission aufgelöst. Es gab eine offizielle Verlautbarung der Pressestelle, um allen Gerüchten entgegenzuwirken. Damit war auch das Interesse der Medien weitgehend erloschen.

Steven Neubauer war bisher relativ still gewesen und hatte nur auf seinem Laptop, das eine oder andere recherchiert. Schließlich lehnte er sich zurück und sah Mike an.

„Erinnerst du dich an den Fall Petro Lässig?"

Dieser blies langsam die Luft aus.

„Erinnere mich bloß nicht. Dieser ominöse Wulf liegt mir immer noch im Magen."

Im vergangenen Jahr, als ein Virus und der damit einhergehende Lockdown das Land lahmgelegt hatte, waren sie mit einem bizarren Fall konfrontiert worden, der ohne einen, anonym im Netz agierenden, modernen Robin Hood, nie hätte aufgeklärt werden können. Zwar hatte Mike noch heute einen Verdacht, wer sich hinter dieser Wulf-Maske verbarg, aber das würde er wahrscheinlich nie beweisen können.

Steven schüttelte den Kopf.

„Es geht jetzt nicht um den Wulf, sondern um Lässig. Er hatte wirklich alles getan, damit ihm keiner auf die Schliche kommt. Florian Seidel ist Informatiker in der Firma seines Vaters. Ich habe mich ein bisschen umgehört, er muss gut sein, sehr gut sogar. Auch er hätte alle Möglichkeiten, falsche Spuren zu legen, einmal digital, aber auch in echt."

Mike drehte die Augen nach oben, nachdem er die Gesichter der anderen gesehen hatte, die Steven voll und ganz zuzustimmen schienen.

„Und was soll ich jetzt eurer Meinung nach machen? Den Wulf um Amtshilfe bitten?"

„Sarkasmus steht dir nicht", sagte Kate trocken und nickte Steven zu fortzufahren. Dieser zwinkerte ihr zu. Schließlich lehnte er sich etwas zurück.

„Überlegen wir einmal. Florian Seidel hat versucht, Romy Sommer als Freundin zurückzubekommen, das scheiterte. Also entwickelte er einen perfiden Plan. Er wollte, dass auch kein anderer sie bekommt und will sie umbringen. Aber wie, ohne dass der Verdacht auf ihn fällt? Er würgt Frauen und raubt sie aus, genau wie dieser damalige Würger der 1980-ziger Jahre. Nachdem er dann Romy getötet hat, legt er

149

falsche Spuren, die zu ihrem Freund Felix Bauer führen. Wie ich schon sagte, einmal digitale und auch solche, die ihn ohne Zweifel als Täter dastehen lassen. Die gestohlenen Dinge der Frauen in seiner Wohnung."

Mike hob die Hand. „Stopp, stopp, stopp. Wenn er so clever wäre, würde er sich doch nicht mit Romy in der Öffentlichkeit getroffen haben? Und überhaupt, nach dieser Theorie müsste er ja auch an Felix Bauers Tod beteiligt gewesen sein. Also das ist zu weit hergeholt."

Omar hatte bis dahin schweigend in einem der bequemen Stühle in dem kleinen Beratungsraum gesessen und seinen Kaffee getrunken. Jetzt setzte er sich, unter protestierendem Knarren des Stuhls, aufrecht hin.

„Ich musste eben noch einmal daran denken, was du uns gesagt hast, Kate, nach dem Gespräch mit dem Kollegen Feigler. Ich denke, als Psychiater und als forensischer Gutachter hat er doch ein recht gutes Psychogramm von dem Täter abgegeben, meinst du nicht?"

Sein Blick schwenkte von Kate zu Mike. Dieser schwieg, also fuhr Omar fort. „Wie hat er doch gesagt? *Indem die Vorgehensweise des ehemalig als Würger von Plauen bekannten Täters nahezu kopiert wurde, wird deutlich, dass dazu eine ausgezeichnete Planung und eine kühle, strategische Umsetzung notwendig ist.* Stimmt das so Kate?"

Diese hatte wieder einmal Gelegenheit, Omars Gabe

zu bewundern, einmal Gehörtes Wort für Wort zitieren zu können.

Sie nickte. „Ja, so hat es Doktor Feigler gesagt."

Dann sah auch sie Mike an. „Das ist ein Charakterzug, den man Felix Bauer beim besten Willen nicht unterstellen kann."

„Ich frage mich überhaupt, was Romy Sommer an diesem Bauer gefunden hat", bemerkte Steven.

Dieses Mal war es Jasmin, die sich an eine Aussage wörtlich erinnerte. „*Sie hat sich bei ihm sicher gefühlt*, das hat Elke Porst, die Kellnerin gesagt."

Sie sah aus dem Augenwinkel, wie Mike wieder die Brauen nach oben zog, ließ sich aber nicht entmutigen.

„Ich glaube, dass Florian Seidel ein Psychopath ist, und zwar einer der ganz gefährlichen Sorte. Romy hat es bemerkt. Sie wusste oder hat es zumindest geahnt, wie schwer es sein würde sich von ihm zu trennen. Also suchte sie sich jemand, der ihr Schutz geben konnte. Jemand wie Felix Bauer. Sie hatte wohl nicht damit gerechnet, dass der sich so in sie verliebt, aber er hat ihr genau das gegeben, was sie benötigte."

Hier begann Kate einzuhaken. „Womit sie allerdings nicht gerechnet hat, war die Tatsache, dass Florian Seidel so hartnäckig sein würde und so gefährlich. Er war es, der Celine Weinhold gestalkt hat, in Bauers Namen."

Sie sah, wie Mike jetzt aus seiner defensiven Körperhaltung auffuhr. „Woher…?", begann er, aber sie hob die Hand.

„Ich habe eben jene Fragen gestellt, die die Polizei nicht interessiert hat, Mike. Ihr habt nur den Namen gehört und damit war euer Verdacht bestätigt. Aber weder einer der Briefe, die sie erhielt, war handgeschrieben oder unterschrieben und die Mails…"
Sie sah zu Steven, der nur abwinkte.
„Kein Problem für jemand wie Seidel das Profil von Bauer zu hacken und ein Pseudoprofil anzulegen."
„Womit er allerdings nicht gerechnet hatte, war, dass Celine Weinhold keine Anzeige erstatten und so schon viel eher den Verdacht auf Bauer lenken würde. Also musste er das Gerücht streuen, dass Romy mit Bauer Schluss gemacht hatte und er sie jetzt stalken würde. Daher hatte er sich mit Romy öffentlich getroffen, in einem Café, in dem sie bekannt war."
Mike starrte sie an. „Willst du damit sagen, dass er an diesem Tag bereits vorgehabt hätte, Romy zu töten?"
Kate nickte. „Ja, das war von Anfang an sein Plan. Sie zu töten und Bauer die Tat anzuhängen."
Eine Weile war Stille im Raum. Fast befürchtete Kate, Mike würde in schallendes Gelächter ausbrechen und sie alle für verrückt erklären, aber sie hatte ihn unterschätzt. Er sah sie schweigend alle nacheinander an und fuhr sich schließlich mit beiden Händen durch die Haare. „Falls das stimmt und ich sagte falls, dann…" Er brach ab und schüttelte den Kopf.
„Dann rennt da draußen ein gefährlicher Psychopath herum.", sagte Omar leise und atmete geräuschvoll aus.

Marianne Jäger und Frieder Lein starrten beide Mike an. „Du hälst es wirklich für möglich, dass dieser Bauer nicht der Täter war?", fragte letzterer.

Mike zuckte die Schultern.

„Zumindest glauben das Kate und ihr Team. Sie haben einige sehr schlüssige Argumente ins Feld geführt. Ich habe nochmal Doktor Feigler angerufen. Er hat sich, allerdings bedeckt, geäußert, dass Felix Bauer aufgrund seiner Persönlichkeitsstruktur nicht ins Täterprofil passen würde, allerdings hatte er ja keine Gelegenheit ihn zu untersuchen. Damit wäre so ein Gutachten wertlos."

Er sah, wie Marianne etwas lächelte und brummte kurz. Als sie ihn ansah, nickte er.

„Ja, ich weiß, du hattest von Anfang an Zweifel, genau wie Kate. Aber von den Fakten her gesehen…"

„Ist Bauer eindeutig der Täter", unterbrach ihn Frieder Lein, etwas, was sehr selten vorkam. Ihm war anzumerken, wie verstörend er es fand, dass plötzlich eine ganz andere Konstellation ins Spiel kam.

Marianne beachtete den Einwurf nicht, sondern sah Mike eindringlich an. „Was tun wir?"

Dieser erhob sich und trat an das Fenster seines Büros. Mit dem Rücken zu den beiden sagte er: „Wir haben keine Beweise, nur Mutmaßungen. Aber wir rollen den Fall noch einmal auf, vielleicht haben wir doch etwas übersehen. Ich hole noch Frank Keilwert ins Boot, er soll sich Bauers Computer nochmal anschauen, wir müssen irgendetwas finden."

Kapitel 19

„Florian."

Florian Seidel stoppte und sah sich um. Er war gerade aus seinem Auto gestiegen und wollte eigentlich nach Hause, duschen und vielleicht noch etwas schlafen. Er hatte die halbe Nacht im Büro über einem Problem für einen Kunden gesessen, aber schließlich eine gute Lösung dafür gefunden. Jetzt wollte er einfach seine Ruhe.

Bertram Sommer stand am Zaun seines Vorgartens und hob die Hand, um ihn zu sich heranzuwinken. Wenn er nicht über Gebühr unhöflich erscheinen wollte, musste er ihm Folge leisten. Also lächelte er zurückhaltend, wie es die derzeitige Situation erforderte und näherte sich dem Zaun.

Sie hatten sich bereits kurz nach Romys Tod getroffen und er hatte sein Beileid bekundet, aber fast fürchtete er, Bertram Sommer würde ihn auf Romys Beerdigung ansprechen und von ihm erwarten, daran teilzunehmen.

Er hasste Beerdigungen, all diese Reden und meist geheuchelten Gefühlsausbrüche. Er dachte mit Abscheu daran, wie auf der Beerdigung seiner Mutter sein Vater mit blumigen Worten und reichlich Tränen über sie gesprochen hatte. Alle hatten ihn bedauert und in den Arm genommen beziehungsweise seine Hand geschüttelt. Dabei hatten seine Eltern sich gehasst und ihn, Florian, diese vergiftete Atmosphäre tagtäglich spüren lassen.

Er war bei Bertram Sommer angekommen und streckte ihm die Hand entgegen, die dieser ergriff. „Florian, ich möchte dir nur sagen, dass ich morgen beginnen werde, Romys Wohnung aufzulösen."

Florian nickte. „Natürlich. Soll ich dir helfen?"

Romys Vater schüttelte den Kopf. „Nein, danke. Ich wollte dich nur fragen, ob du noch Sachen bei ihr hast, die du vielleicht holen willst?"

Florian dachte kurz nach. „Nein, ich habe nichts mehr bei ihr. Solltest du noch irgendetwas finden, bringst du es mir bitte vorbei?"

„Mache ich." Bertram Sommer wandte sich ab, aber gerade als Florian gehen wollte, trat er wieder an den Zaun. „Ach Florian, weißt du, wo Romy ihre Tagebücher aufbewahrt hat?"

Dieser sah ihn stirnrunzelnd an. „Tagebücher? Ich wusste nicht einmal das sie Tagebuch schreibt."

Bertram Sommer nickte. „Schon viele Jahre. Es waren so kleine braune Bücher. Sie hat sich jedes Jahr ein neues gekauft, seit ihrer Schulzeit."

Florian legte eine Hand auf den Zaun und sah Bertram Sommer an. „Und du bist dir sicher, dass sie das auch später noch gemacht hat?"

Dieser nickte mehrfach. „Das weiß ich ganz genau, erst vor ein paar Wochen hatte sie mir davon erzählt, sie…" Er brach ab und schüttelte den Kopf, sichtlich um Fassung ringend. Florian legte seine Hand auf die seine. „Tut mir leid, Bertram, aber ich weiß auch nicht, wo sie sein könnten."

155

Vorsichtig hebelte er die Tür auf und ließ sich ins Innere gleiten. Seltsamerweise dachten die Menschen, dass sie sicher wären, wenn sie in den oberen Etagen wohnten, aber wer einen Balkon sein Eigen nannte, hatte eine Schwachstelle. Er war froh, immer ein guter Sportler gewesen zu sein. Nicht dass es ihm Spaß gemacht hätte, aber er wusste eine gute Fitness zu schätzen. Und gerade heute schien sie sich wieder auszuzahlen. Fast lautlos war er die Balkone hinaufgeklettert, von denen die meisten, für ihn sehr praktisch, stabile Holzrankgerüste hatten.

Die Wohnung lag völlig im Dunklen und er würde auch nicht viel Licht benötigen. Er ahnte schon, wo das, was er suchte, versteckt sein könnte. Nicht, dass es so viele Möglichkeiten gegeben hätte. Vorsichtig rückte er einen antiken Küchenschrank Zentimeter um Zentimeter von der Wand und tastete dahinter. Er wusste, dass in diesen alten Häusern in den Küchen oft so eine Art früher Kühlraum im Mauerwerk ausgespart war, den heute natürlich niemand mehr nutzte. Entweder wurde er zugemauert oder als Dekoobjekt behalten oder einfach mit einem Schrank verdeckt. Hier bot sich ein Versteck geradezu an. Endlich tastete er die Aussparung und griff hinein. Leer. Verdammt.

„Suchen sie die hier?"

Er erstarrte als er die Stimme hörte und fuhr herum. Die Lampe eines Smartphones leuchtete ihn an. Er nahm die Umrisse einer Frau wahr, die in der Hand drei braune Büchlein hochhielt.

Mit einem Satz sprang er auf sie zu.

Diese glitt aber überraschend schnell und wendig zu Seite und ließ ihn ins Leere laufen.

Er griff in die rechte Tasche seines Hoodies als es plötzlich hell um ihn wurde und eine tiefe Stimme sagte: „Das würde ich bleiben lassen."

Die Hand fest um den Griff seines Messers geschlossen, blickte er in den Lauf einer Pistole. Daneben blinkte eine Kripomarke auf.

„Mike Köhler, Kriminalpolizei. Nehmen sie die Hand langsam aus der Tasche, ganz langsam."

Er zögerte nur einen kurzen Augenblick, dann kam er der Aufforderung nach. Die Frau war hinter ihn getreten und er spürte, wie sie jetzt in seine Tasche griff und das Messer herauszog.

„Hübsches Teil", murmelte sie. „Allerdings verboten."

Die Waffe vor seinen Augen senkte sich langsam ab.

„Zugriff", sagte der Mann vor ihm und zwei Beamte kamen vom Flur herein. Sie traten hinter ihn und legten ihm Handschellen an.

Sein Blick glitt zu der schlanken Frau mit den halblangen, dunkelblonden Haaren. Sie hatte noch immer die braunen Bücher in der Hand. Jetzt legte sie sie auf den Küchentisch und schlug eines auf, Blatt um Blatt. Weiße, unbeschriebene Seiten.

Er starrte ungläubig darauf, dann wieder auf die Frau.

„Tja, Herr Seidel, jeder Täter macht irgendwann Fehler, auch sie", sagte sie achselzuckend.

Kapitel 20

„Ich hoffe nur, dass der Schuss nicht noch nach hinten losgeht", sagte Mike, als sie alle zusammen am nächsten Abend bei Kate im Wohnzimmer saßen.
„Du hättest nie bei der Verhaftung dabei sein dürfen", sagte er zu ihr und sie winkte nur ab.
„Es war meine Idee und mein Plan, also bitte."
„Also wenn, dann unsere", warf Jasmin ein, die mit einem Glas Rotwein neben Omar saß und sich fest an ihn gekuschelt hatte.
Kate hob die Hände. „Natürlich, sorry."
Die anderen lachten.
Schließlich sagte Omar: „Es ist schon erstaunlich, dass er vollumfänglich geständig ist, dieser Florian Seidel. Aber das ist typisch für einen Psychopathen. Sie glauben bis zum Schluss das sie unwiderstehlich sind in ihrer Planung und Durchführung."
Mike nickte und ergriff sein Rotweinglas.
„Das Schlimme ist, das er fast damit durchgekommen wäre."
„Aber eben nur fast", sagte Kate und prostete ihm mit ihrer Limonade zu.
„Das ist das Gute an Kate. Sie ist im Notfall wie ein Hund auf einen Knochen", meinte Steven und Kate schüttelte lachend den Kopf. „Sehr charmant."
Dann wurde sie ernst. „Wenn Bertram Sommer nicht mitgemacht und so echt rübergekommen wäre, hätte es nicht geklappt. Das war nicht leicht für ihn, zumal er Florian sehr mochte und sich nicht vorstellen

konnte, dass sein Traumschwiegersohn ein eiskalter Mörder sein sollte."

„Da hast du wirklich Überzeugungsarbeit geleistet", sagte Mike.

Jasmin sah Omar an. „Aber wie ist ihm das mit Felix Bauer gelungen?"

Der Pathologe wog den Kopf langsam hin und her, als Steven dazwischenfunkte.

„Er hat herausbekommen wo sich Felix versteckt hält, nachdem er sein Auto schon lange getrackt hat. Und er kannte Felix Gewohnheiten, unter anderem sich ständig Pizza liefern zu lassen, auch in sein Versteck. Diese Pizza hat er mit Drogen konterminiert und als Felix richtig high war, ist er zu ihm gegangen und hat ihn noch weiter abgefüllt. Dann hat er ihn nach Chrieschwitz gefahren, ans Steuer gesetzt und darauf gehofft, dass er einen Unfall baut, was ja auch geklappt hat."

„Und sogar, wenn es nicht geklappt hätte, die Drogen hätten ihn auch so umgebracht oder schwerste Schäden im Gehirn verursacht. Felix Bauer war faktisch auch auf seiner Todesliste", riss Omar jetzt wieder das Gespräch an sich.

„Durch den Unfall war die Story mit dem Suizid noch glaubwürdiger", wandte Steven schließlich noch ein.

Jasmin schüttelte den Kopf. „Und dass alles wegen verschmähter Liebe?"

Omar sah sie von der Seite an. „Nein, es ging nicht um Liebe, es ging um Besitz. Ein Mensch wie Florian

Seidel ist nicht in der Lage, Liebe zu empfinden. Für ihn war Romy sein Eigentum. Und als sie sich von ihm trennte, unterschrieb sie damit ihr Todesurteil."
Er spürte, wie seine Frau etwas erschauderte und zog sie fester an sich.

Mike sah die Anwesenden an, dann blieb sein Blick bei Kate hängen.

„Trotzdem will ich noch wissen, wann bist du darauf gekommen, dass Florian Seidel der Täter sein könnte?"

Kate sah zu Jasmin, zwinkerte ihr zu und beide sagten zeitgleich: „Die Muschel", und brachen in Lachen aus.

Nachdem Mike, Omar und Steven sie verwirrt ansahen, winkte Jasmin ab. „Ich habe es auch erst nicht verstanden, diese ganze Muschelgeschichte, aber Kate hat sofort die Verbindung registriert."

Diese nickte und sah zu Mike. „Florian Seidel hat doch bei seiner ersten Befragung euch erzählt, dass Romy sich von Felix Bauer gestalkt fühlen würde. Angeblich wäre er, obwohl Romy mit ihm Schluss gemacht hätte, in ihrer Wohnung gewesen und habe die Muschel entwendet, die Florian und sie sich einmal aus dem Urlaub mitgebracht hatten."

Mike nickte und wollte gerade etwas ergänzen, als Kate die Hand hob. „Ich weiß, bei seiner zweiten Befragung habt ihr Florian Seidel die Muschel, die ihr bei der Durchsuchung von Felix Bauers Wohnung gefunden habt, gezeigt und er sagte, das sei nicht die Muschel, die er mit Romy aus dem Urlaub mitgebracht hatte. Das stimmte sogar, denn diese Muschel hatte Romy auf dem Bild in der Hand, auf dem sie mit Felix Bauer am Strand stand."

Kate hielt ihr iPhone hoch. „Ihr Vater erkannte die Muschel auf dem Bild und sagte, dass Romy sie auf ihrem Nachttisch stehen hatte."

Steven, der bisher eher verwirrt Kates Erläuterungen gelauscht hatte, sagte plötzlich: „Aber dann hätte ja Felix Bauer seine eigenen Muschel geklaut."

Kate deutete in seine Richtung Beifall an.

„Genau, das wäre doch Unsinn. Und genauso unsinnig wäre es doch von Romy gewesen, die Muschel ihres angeblich sie stalkenden Exfreundes Felix Bauer auf ihrem Nachtisch aufzubewahren."

Steven nickte und Kate hob beide Handflächen in die Höhe. „Damit hatte Florian Seidel einfach übertrieben, auch wenn er die Sache bei seiner zweiten Befragung wieder auszubügeln versuchte. Aber ich war stutzig geworden."

Steven warf ihr einen bewundernden Blick zu.

„Also doch wie Hund auf Knochen", sagte er und löste damit wieder leises Gelächter aus.

Kapitel 21

Kate hatte Mike sofort angesehen, dass er irgendetwas auf dem Herzen hatte. Er war beim Abendessen ziemlich einsilbig gewesen und jetzt saß er auf der Couch, geistesabwesend Mascha streichelnd, die sich an seiner Seite fest zusammengerollt hatte und leise schnurrte.

Kate stellte eine Kanne Kaffee auf den kleinen Tisch und setzte sich in den Sessel Mike gegenüber.

Unter ihrem Blick sah er schließlich auf und seufzte etwas.

„Kate, ich muss dir etwas sagen", begann er zögerlich und verstummte sofort wieder.

Sie legte den Kopf leicht auf die Seite.

„Also, bevor du mir jetzt sagst, dass du mit mir Schluss machen willst, wir aber ja gute Freunde bleiben könnten, will ich dich an etwas erinnern."

Sie machte eine kurze Pause, bis Mike aufsah.

„Ich habe den schwarzen Gürtel in Karate."

Er starrte sie eine Weile stirnrunzelnd an, dann breitete sich ein breites Grinsen über seinem Gesicht aus.

Kate lächelte. „Na also. Hat doch funktioniert. Und jetzt höre auf herumzudrucksen und sage es endlich frei heraus. Was ist los?"

Er nickte und setzte sich aufrecht hin.

Mascha blinzelte ihn verstört an, legte sich dann aber wieder zu Seite und döste weiter.

„Es geht um meine Mutter. Sie hatte nun den dritten Sturz innerhalb von zwei Jahren und möchte gern in die Nähe eines ihrer Kinder ziehen. Meine Schwester in Holland ist der Meinung, dass sie mit ihren Kindern und ihren Schwiegereltern schon mehr als genug zu tun hat. Also bleibe nur ich. Meine Wohnung wäre absolut für meine Mutter geeignet, denn sie ist ja barrierefrei und der Fahrstuhl geht faktisch bis in die Wohnung. Sie ist nicht zu groß und auch nicht zu klein und…" Hier brach er ab.

Kate sah ihn mit ihrem „FBI-Blick", wie er es nannte, unverwandt an. Verdammt, warum machte sie es ihm nur so schwer?

Ein Zusammenziehen würde ihre Beziehung auf eine ganz andere Ebene heben. Bisher war seine eigene Wohnung so eine Art Notausstieg gewesen. Diesen war er jetzt gewillt aufzugeben und alles was Kate tat, war ihn anzustarren und zu schweigen.

Schließlich erhob sie sich und Mike schluckte.

War sie also doch noch nicht bereit für diesen Schritt?

Kate ging um den Tisch herum, stupste Mascha kurz an, die leise fauchend von ihrem Lieblingsplatz heruntersprang und mit erhobenem Schwanz in Richtung Küche schlenderte, um ihren Futternapf zu inspizieren.

Kate setzte sich auf den noch warmen Platz der Katze und lehnte sich an Mikes Schulter.

„Dann sollten wir uns mal einen Plan zurechtlegen, wie wir den Speicher ausbauen. Wann will deine Ma denn umziehen?"

Sie spürte, wie Mike tief einatmete und dann seinen Arm um ihre Taille legte.

„Noch ist es nicht so dringend, aber ich würde denken, so in einem halben Jahr?"

Seine Stimme klang jetzt deutlich entspannter.

„Das müsste zu schaffen sein. Der Speicher ist noch voll mit alten Sachen, die müssen erst mal entrümpelt werden und dann würde ich sagen, können die Handwerker ran. Das dürften zwei schöne Zimmer werden, inklusive Bad. Du könntest dir dort dein Arbeitszimmer einrichten und einen Raum zum Schlafen, wenn du mal ungestört sein willst. Sonst nehmen wir es als zusätzliches Gästezimmer. Wenn mal meine Verwandten aus Israel hier alle einfliegen, wird es sowieso zu eng."

Mike wandte seinen Kopf und sah Kate an.

„Weißt du was? Du bist die praktischste Frau, die mir je untergekommen ist."

Sie lachte leise.

„Falls das deine Definition von sexy ist, akzeptiert."

Nachwort:

Die von mir geschilderten Geschichten, Einrichtungen und Menschen sind fiktiv.

Real ist die Plauener Kaffeerösterei und ihr Besitzer Daniel, der so freundlich war, mir zu gestatten, Teile meiner Geschichten in seinen Räumen, damals noch im Wilkehaus (Bahnhofstraße), anzusiedeln.

Der sogenannte „Würger von Plauen" war in den 1980-ziger Jahren in Plauen aktiv. Er war Polizeibeamter und der Autorin persönlich bekannt.

Wer genauer darüber etwas lesen möchte, der Fall wird detailliert im Buch von Hans Girod: „Der Würger von Plauen und weitere spektakuläre Mordfälle", Knauer Verlag 2006 beschrieben.

Zur Autorin:

Annette G. Krupka wurde in Plauen geboren.
Sie besuchte hier die Schule, lernte Krankenschwester, studierte später Pflegemanagement, erwarb einen Masterabschluss und ist als freiberufliche Unternehmensberaterin tätig.
Heute lebt sie in einer Thüringer Kleinstadt und hat ein Fachbuch zum Thema Pflege veröffentlicht.

„Würgemale" ist der achte Teil um die ehemalige FBI-Agentin Kate Schulz.
Bisher erschienen sind:
Lebensborn
Golem
Entführt
Methusalem
Filmriss
Virus
Engelsflug
Weitere Folgen sind geplant.

Nach England und Schottland entführt die Reihe um Jane MacKenzie und Detective Inspektor Peter Brown.
Bisher erschienen sind:
Der Hyde Park Mörder
Die Rache der Kali

Auch hier wird es weitere Folgen geben.

Liebe Leser, danke, dass Sie Kate Schulz bis zum
Ende des achten Falles gefolgt sind.

Sind Sie neugierig, wie es weiter geht mit Kate
Schulz???
Bald ist es soweit:

Kate Schulz 9 -**Verlassen** -

Die sechsundfünfzigjährige Beraterin Sylvia Weck
verschwindet plötzlich. Allerdings sieht es für die Polizei so aus, als sei sie freiwillig untergetaucht, was
ihr Mann Berny vehement bestreitet. Er wendet sich
an Schulz Security und Kate geht einigen Spuren
nach, die aber auch sie nicht weiterbringen.
Durch einen anonymen Hinweis wird Frau Weck in
einem verlassenen Haus aufgefunden, in einem kriti-
schen körperlichen Zustand. Nur ein paar alte Baby-
flaschen mit Flüssigkeit haben sie am Leben gehalten.
Sie kann sich nur an wenig erinnern und spricht immer von einem Clown.
Da verschwindet wieder eine Frau und Hauptkommissar Köhler stößt auf ein Detail aus der Vergangenheit der Frauen, das plötzlich den Fall in einem ganz
anderen Licht erscheinen lässt.

Leseprobe- „**Verlassen**"

Er saß in seinem Bett und hatte die alte, traurig schauende Clownspuppe mit den verblassenden Farben fest im Arm.

„Dich gebe ich nie her, Clownie, nie", murmelte er und drückte sie fest an sich.

Aber ihn selbst, ihn würde niemand mehr abholen.

Er und Clownie, sie waren auf sich allein gestellt.

Die Schwestern hier, sie waren streng.

Gestern erst hatte eine geschimpft mit ihm und ihn einen Dreckfink genannt, weil er ein Schokoladenbrot unter dem Kopfkissen versteckt hatte.

„Wegen dir muss ich jetzt alles sauber machen", hatte sie vorwurfsvoll gesagt und ihn mit böser Miene angesehen. Aber er wollte sich doch nur etwas verstecken, weil er Angst hatte, wieder nichts zu essen zu haben. Wenn er daran dachte, tat ihm wieder der Magen so doll weh. Dann war sein Bett auch früh manchmal nass.

Er schämte sich dafür, besonders wenn die Schwestern es vor den anderen sagten.

„Bettpisser", hatte einer der größeren Jungs gerufen und die anderen hatten gelacht und mit Fingern auf ihn gezeigt, aber die Schwester, Erika hieß sie, hatte getan, als ob sie es nicht hörte. Er hatte gesehen, wie sie sogar ein klein wenig lächelte.

Dann hatte sie ein Haar unter ihre Haube gesteckt und gesagt: „Jetzt aber schnell zum Frühstück, ich muss das ja hier erst sauber machen."

Dabei hatte sie ihn ganz vorwurfsvoll angeschaut.

Aber er hatte es doch nicht gern gemacht.

Wieder drückte er den Clown fest an sich und spürte, wie ihm Tränen in die Augen traten.

„Bist du traurig?"

Eine junge Schwester, die Einzige hier, die so jung war, war zu ihm getreten und er schrak auf.

Scheu sah er sie an und wischte sich hastig über die Augen. Schüchtern schüttelte er den Kopf.

Sie war jetzt ganz nah bei ihm und legte ihm zart ihre Hand auf die schmale Schulter. Er würde sich gern fest an sie kuscheln, aber das traute er sich natürlich nicht.

Er wusste, sie war die einzige freundliche Schwester hier, noch nie hatte sie mit ihm geschimpft.

Zwei Mal hatte sie morgens sein Bett abgezogen als es nass war und einfach so getan, als sei nichts passiert. Und manchmal steckte sie ihm etwas Süßes zu oder eine Banane und verriet ihn auch nicht, wenn er Essen versteckte.

„Darf ich dich drücken?", hörte er sich leise fragen und erschrak im gleichen Moment und zuckte zusammen. Am liebsten hätte er sich so klein gemacht wie seine Clownspuppe.

Aber die junge Schwester lächelte ihn an und nahm ihn fest in die Arme.

Er spürte, wie sein Herz ganz heftig gegen die Brust schlug, aber dann entspannte er sich.

Nach einer Weile spürte er etwas Nasses an seinem Gesicht und als die Schwester ihn losließ, sah er, dass große Tränen über ihr Gesicht liefen.

„Holt dich auch niemand mehr ab?", fragte er erstaunt, aber sie schüttelte nur stumm den Kopf.